GAEA

Gaea

案簿錄・浮生 卷二

破滅

はめつ。

護玄——著

破滅

案簿錄・浮生 卷二

目錄

人物介紹

浮生工作室
虞因
擁有陰陽眼的社會新鮮人，有些愛玩，但對需要幫助的人很友善。厭惡沒道理的事情。

浮生工作室
言東風
圖形、記憶、分析能力極強。說話毒，但很珍惜身邊的人。喜歡安靜、雕塑，厭惡太吵的人。

浮生工作室
少荻聿
語文、閱讀、記憶能力強。沉默寡言，不太與人往來。喜愛甜點、烹飪。厭惡豌豆。

方曉海
阿方的妹妹，性格暴烈衝動，但對好人非常和善。喜歡飲料、冰涼食物，厭惡各種賤人。
阿方
阿因朋友，很會照顧人，平日溫和，但觸犯到禁忌會立刻變凶狠。喜愛運動，厭惡白目的人。
一太
看似隨和，經常掛著笑，卻讓人猜不透在想什麼，行事俐落果斷，有時隨心所欲。
李臨玥
阿因青梅竹馬，美麗也有腦袋、主見。喜歡換男友、購物，厭惡不乾不脆的人。

人物介紹

虞佟

阿因大爸。隸屬刑事組行政單位。
溫和穩重且有禮的娃娃臉熟齡男子。
喜歡家人，厭惡傷害家庭的人。

虞夏

阿因二爸。刑事小隊長。
個性暴躁，拳腳功夫了得。喜歡打擊犯罪，厭惡靠關係的混蛋。

玖深

隸屬鑑識科。
有點慌慌張張，在自身專業上認真仔細。
喜歡熱鬧玩耍，恐懼不科學的東西。

黎子泓
檢察官；東風學長。
認真溫和，看似嚴肅實則懂變通。
喜歡各種遊戲，單機為主。
嚴司
法醫。表面玩鬧人生，對身
邊的人卻很好。喜歡講幹
話、美食、八卦。
小伍
刑警。熱血小警察。
喜歡懲奸除惡和女友，
厭惡愛靠杯的犯人。

你期待你的未來嗎？

它符合你的期待嗎？

「對不起……對不起……」

她流著眼淚看著深陷在黑暗的牆面，不知道跪在地上多久的膝蓋與雙腿早就僵硬發麻得感受不到存在，只是她已經覺察不到那些外在的痛苦。

如果能將雙腿甚至雙手都一起斬掉換回她原本的生活，她願意連心臟都含笑交付出去。

但是就如同那句可憎的老話——時間不能重來。

「對不起……」

1

Lizzie Borden took an axe,
Hit her father forty whacks.
……

「你們在聽什麼啊，怎麼音樂這麼奇怪？」

推開宿舍房間門時，先聽見的是帶著有點幽異感的奇妙音調，接著好像在哪邊聽過的歌詞由刻意壓低的女低音緩慢地吟唱出來。

原本塞在電腦前交頭接耳的三名大男生被突如其來的問句嚇了一大跳，紛紛跳開，由此可知剛才幾人有多專心在螢幕畫面中，轉頭後看見熟悉的面孔才都鬆了口氣。

唯一坐在電腦前的男孩咧開大大的笑，朝外頭的同學招手：「小淵你查崗啊，來來，一起看。」

「你們門沒關好，音樂太大聲，隔壁同學抱怨太吵了，還有吃泡麵太香害他們都肚子餓，下次門記得關好。」被喊的男孩有點好笑地搖搖頭，彎腰撿起地板上亂扔的毛巾，隨意往旁邊的雙層床欄杆一掛，然後越過幾人打開緊閉的窗戶，讓清涼的夜風吹散一房間混雜的泡麵氣味與某些人的汗臭味。「樓長不在就乖一點啊，我很忙欸。」

「好啦好啦。」幾名學生嘻嘻哈哈地笑道，對被抗議的事有點不以爲然，伸手將他們的舍長拉過來，順勢再塞一瓶涼飲給對方充當賄賂。「你看這個。」

被稱爲「舍長」的男孩這才看清楚正在播放的影片，還是那種幽遠詭異的曲調，他順手調了音響過大的音量，保持在不吵擾到鄰居的適當程度。

剛剛覺得有點熟悉的歌詞果然是知名的恐怖童謠，在影片當中作爲一首歌曲的旁白，整首歌帶著陰暗風格，卻又不失輕快俏皮片段的穿插，所以某部分聽起來雖感恐怖，卻又帶點孩童的歡鬧味。舍長看著搭配音樂的畫面，似乎是微電影，不時有幾句對話或口白，呈現著歌中劇似的表演。

……基本上與恐怖童謠劇情很相似，只改變些許設定以更符合現代背景。

「厲害吧，這是戴凡學長做的，點閱率很高喔。」電腦的主人這樣介紹。他與影片的製作者是同系的學長學弟關係，影片創作期間也有被抓去充當苦工，所以成果出來後更有種得意和優越感，帶著獻寶的語氣說：「學長說如果迴響很好，搞不好可以拉到廠商投資，就能把同系列的延伸影片做得更精緻了。」

「原來你們先前一直外宿就是在做這個啊。」舍長點點頭，不可否認影片確實做得漂亮，就學生而言已經很厲害了。

「對啊，因爲去戴凡學長家幫忙，另外，唱歌的是隔壁系的學姊，也有在經營自己的頻道，小淵你有空可以去看看，學姊唱歌超好聽。」男同學很自豪地又重播了次微電影，感覺自己沒有被白抓去勞動，底下不少留言都是鼓勵，還有人說工作人員很可愛，酸言酸語就管他去死。

「好喔，不過你們還是要安靜一點，晚上十點過後就不要這麼大聲了。」舍長拋了拋手上的飲料罐，笑笑地說：「再吵到其他同學的話，你們就要打掃大廳兩天了。」

幾個大男生立刻發出一片哀號，不過音量倒是全都變小了，很有警覺意識。

舍長又交代了幾句，便離開了。

「小淵雖是學弟，不過眞的很會做事啊，當初大家密謀把他推上去做舍長果然沒錯。」

確定學弟走遠，幾名學長關起門小小聲地八卦。

「選舍長時不是沒人想幹嗎，才聯合提名陷害他的。」有人立刻說出背後殘酷的眞相。

「就、就大家都忙啊，而且小淵好像以前在高中也滿有名的，能者多勞。」另個人馬上幫良心補一句：「宿舍過半的人都同意，他沒反對，妥啦，大家現在也有共識不找他麻煩啊……頂多偶爾一、兩次。」

「對了對了，你們有看到剛剛那個嗎，果然是有……對吧！」

「對啊！眞的有，不知道戴凡學長有沒有看見。」

「沒看見的話，底下留言也有人說了啦。」

「眞的，可以順便做個靈異頻道了。」

「公鯊小啊！明明是創作頻道！」

「啊就有鬼咩。」

□

「小淵！」

宿舍長——林致淵回過頭，看著從走廊彼端往自己跑過來的同學，微笑的同時不忘提醒：

「晚上十點過後製造噪音抓到五次，放假要打掃大廳喔。」

大三的學長馬上像隻無聲的龜一樣變成慢動作，遲緩地縮手縮腳走到這位學弟面前後，才用一種誇張的表情和竊竊私語般的聲音開口：「我要申請出宿舍，現在、馬上。」

林致淵也用同樣的動作和音量回答：「有理由才行，買鹹酥雞一律駁回，自己爬牆不要被我抓到。」

「靠夭啊，眞的有事啦！」學長整個彈起來，然後想起要打掃大廳的事，再次把音量壓低：「我同班同學出車禍了，現在人在醫院，他在外面住宿，家人都在北部，我剛接到電話要我過去幫忙。」

「嗯？很嚴重嗎？我那邊還有點現金可以先借你。」因爲住宿的同學們經常時不時就搞出奇妙的意外，所以林致淵習慣留一點錢在身上應變，以免附近自動櫃員機臨時暴斃的尷尬狀況。畢竟要拿公用金還得花時間通知管理組，自己先掏腰包比較快。

「不知道，他們一群人搞事，跑去學長據說死過人的租屋烤肉，結果阿飄沒看見，出來時大概沒在看路，和貨車對撞，八個人全都送醫了，有幾個在不同醫院，好像大部分家裡都在外縣市，第一時間趕不過來。」學長嘆了口氣，想想可能眞的得用到錢，自己打工的錢不知道夠不夠，就承了宿舍長的好意先借點急用金。

「我和你一起去醫院吧，順便聯絡學校和老師幫忙。」林致淵邊說著邊回自己房間，用群組向副舍長與各樓長打過招呼後，拿好皮夾、外套就和學長相偕離開學生宿舍。

這位學長叫作張建昌，是管理學院的學生，平日臨時出宿的理由差不多都是買鹹酥雞還是幫女朋友買衛生棉之類的，有啥說啥，相當老實，所以林致淵並沒有懷疑對方的理由，況且對方的樣子真的很緊張，兩人爲了省事便機車雙載往醫院的方向急駛而去。

他們學校的位置有點小偏僻，晚上十點過後有一段捷徑小路完全沒有行人，雖然有勉強可當照明的路燈，但經常整段路死寂無聲，如果不騎車用走的，容易讓人感覺背後好像有東西且顯得漫長無比。偏偏比起外頭的大馬路可以省下不少時間，所以學生們半夜從宿舍爬牆出去買宵夜，都習慣走小徑。不過先前似乎有學生在這邊被搶劫、車騎太快造成各種雷殘，還有人信誓旦旦說遇到鬼，加上現在是安全宣導月，於是各宿的宿舍長、樓長們近期抓溜出宿舍的學生比較嚴，沒有正當理由的出宿都會被駁回，以免在敏感時間點被學校囉嗦。

張建昌擔心著可能會死在醫院的好友不免把車速加快了些，接著想起後座坐著宿舍長，又悄悄放慢油門。爲了排解內心的焦急，他開始碎碎唸起來：「他們眞的很鏘唉，爲什麼吃烤肉一定要去有鬼的租屋吃，在正常的房子吃不好嗎，就不怕帶著怨靈的肉吃起來不消化嗎……還在那邊玩啥小過氣的筆仙，結果一撞八個正好全發……」

「筆仙？」林致淵挑起眉，剛剛沒說到這件事。

「喔對啊，好像是他們某個朋友提議的，因爲正好是什麼被詛咒的凶宅，然後就找死流程啊，沒鬼就請鬼，他們嫌碟仙太麻煩了，就學網路教的搞筆仙，想請凶宅裡面的東西。」張建昌沒好氣地回憶同學電話裡說的事，當時他也直接噴對方是吃飽撐著。「不過似乎沒發生什麼特別狀況，也不知道請來的是眞是假，所以他們覺得很無聊就要出去夜遊，誰知道才剛出巷子就撞上便利商店的物流車，好像騎最前面的人最嚴重，我同學在最後，只是輕傷，聽他說最前面那個人都被捲進車底了，送到另一家醫院，不知道掛了沒。」

林致淵聽著對方又補充了幾句，大概了解狀況，便沒跟著說什麼數落的話，相反地，他突然想起幾年前埋在很多人心中的案件。

那可能是他與奇怪的存在距離最近的一次。

大他很多歲的兄長在那件事後變得較爲沉默，雖然還是盡心盡力在教職上，但去年卻無預兆辭職了，爲了散心，兄長揹著背包、帶點錢離開家裡，現在正在各地旅遊，似乎想要和過去某些事情好好做個告別。

而他自己的個性原本就比較想得開，並不打算將事情怪罪在誰身上，畢竟那是兄長的選擇，當時放過他們的學長已經人很好，沒把事情掀到檯面上，就這樣各人回到原本該有的生活上，重新繼續人生。

後來林致淵陸續從各種管道查到相關事情，曉得關於組織與學長他們發生的部分狀況，只是有些機密被警方封口，認識的人也不打算告訴他太多，所以透過私下門路打聽出來的很少，僅能確定大家都平安，以及近期學長他們合開了間工作室……幸好他們過得不錯。

「話說回來，小淵你知道嗎，設計學院那邊前兩年有個學長很有名，眞的看得到那種東西，我聽其他人說那學長還可以幫忙觀落陰，經常把他們班的人帶去看另外一個世界，有次還全團去外縣市陰間之旅，差點集體滅團。平常早上四點起來接露水淨身，六點唸經準備開天眼，到中午陽氣最旺的時候會把鬼趕回老家，晚上再唸一次經通連三界，接著就開始夜審陰，有啥冤屈的鬼都可以找他，聽起來有夠威，好像是什麼得道法師的轉世，剛出生就有佛光，床頭音樂鈴還自動變成大悲咒的旋律，讓方圓十條街的鬼都退避三舍。」

聽後座沒聲音，張建昌再次打開話匣子聊起學校的傳說，順便驅逐一路上小徑幽冷的氣氛。「我覺得很強，前陣子還有人說那學長幫忙觀了死掉的狗，狗主人因此找到轉世的狗再續前緣，如果有幸可以碰到學長，你說我可以請他幫我看過世的阿嬤在做什麼嗎？我覺得我阿嬤好像沒有投胎，待在地府炒房地產，因爲逢年過節我爸都會說阿嬤在夢裡跟他要房子，我們只好常常燒大樓和別墅給她。」

「還是不要會比較好。」林致淵打從內心誠懇地回答，雖然更想對這位學長說不要講幹話。

那些形容某人的謠言怎麼聽起來那麼奇怪，而且和本人完全不像啊？

話說回來，學長知道自己的校園傳說聽起來很像快要得道成爲冥府使者了嗎？

「唉，果然這種事情是講機緣的嗎，難怪陳學長會說天機不可洩露。」張建昌感嘆了一會兒，思索著校友聯誼活動上那些聽起來很猛的傳聞，而且那天有位同屆畢業學長還繪聲繪影地說了很多阿飄故事，連他們這些男生都很好奇，大家集體度過愉快的夜晚。

林致淵微笑了下，不解釋。

「啊，還有……哇靠！」正想聊其他事情，騎車的人猛地一扭龍頭，正好從路邊不知何時出現的身影旁邊擦過。如果不是他反應快，可能就直接撞上對方了，「同學！走路小心點啦！」直覺就是個半夜要出來買宵夜的路行者。

差點被甩出去的林致淵抓緊機車，下意識往後看時，路人似乎已經被甩在大後方，居然沒看見人影。

不過這件事很快就被他們拋到腦後，從小徑接上大馬路，車輛變得較多了些，隨處可見的便利商店與沒有熄招牌燈的商家讓深夜的馬路看起來沒那麼荒涼黑暗，而且安全許多。

不久，醫院大樓逐漸出現在他們的視線裡。

一輛救護車自機車旁側呼嘯而過，急駛入急診室前的車道，隱約能看見車上送下來的人帶著一身暗紅，似乎沒有意識，任憑人們怎樣移動都毫無反應。

「哇，眞可怕。」張建昌車一轉，進入機車停車場，正好避開直面血腥送醫的畫面。

林致淵也不是什麼愛看急救熱鬧的人，等停好車輛，兩人就一前一後循著手機接收到的資料，進入急診室去找那名受傷的學生。

問了路過的護理師後，總算在診間外看見那個臭八七了。

「小賤賤，這邊！」

坐在走廊等候椅的大學生一看見熟悉的友人，立即站起來揮手。

來的路上林致淵已經詢問過受傷學生的資料，同時回報給師長們，所以知道眼前這位與張建昌同班的學長叫作趙銘，兩人交情非常好，以至於出事後對方第一想到的是先聯絡張建昌幫忙。不過比較意外的是這位學長身邊還有另一人，這人就有點眼熟了，畢竟離開宿舍之前，學長們還在討論他的作品。

「戴凡學長？」同樣看見多出來的那人，張建昌也愣了半秒，忘記要反駁友人那個機掰的綽號。

戴凡——高戴凡朝兩名學弟點點頭，打了個招呼，態度有點冷漠，但還算友善。

不管是林致淵或張建昌，對這位大四學長的這種態度都沒感到怎樣，畢竟對方在校內算有名，除了長得帥被不少人拱稱為校草，還算是個小有名氣的網紅，製作了不少音樂影片放在個人頻道上，有一批學弟妹和校外粉絲追捧。

而有名的好處就是大家都知道他個性冷淡，不太愛與陌生人聊天，經常都板著張好像被欠兩百萬的臉，不用特地解釋就成為了粉絲們眼中的高冷男神。

不過認識他的人大多都會說其實他是標準的面惡心善，熟識的同學和學弟妹一致公認他人很好，經常各種掏腰包請客與貼補幫忙者費用，明明自己打工和做頻道也沒有賺多少，所以拍攝影片時不少人都自願無償幫忙。

林致淵看見這位學長也受了傷，手腳都包紮過，左手比較嚴重還打上了石膏，不過狀態看起來還好，應該過陣子就會痊癒。

「你們居然有約戴凡學長嗎？太可惡了，沒叫我去湊熱鬧！」張建昌朝趙銘沒受傷的身體側邊拐了下，一臉對方不夠義氣地指控。要知道戴凡學長去的地方，十之八九都有超漂亮的妹會跟著出現啊，去養養眼睛也好，還可以混一頓好吃的。

「誰知道啊，戴凡學長突然去的好嗎……而且人家自己去的沒有帶學妹啦。」趙銘也拐回去。

相較於小聲吵鬧的兩名學生，林致淵有點疑惑地對上高戴凡一直盯著他的目光，既然對方如此大方打量，他當然也不客氣、好好地把這位校草級學長上上下下看過一輪。

高戴凡長得很瘦，屬於長期生活作息不佳、三餐都吃外食造成營養不均衡的那種瘦，而且氣色還不太好，不過可能平常多少有在運動或是拍片關係，依然有點肌肉線條，再加上他至少一八五的身高，看起來真有點模特兒架子的感覺，更別說那張輪廓很深、似乎有外國混血的斯文俊逸面孔。

稍微有點淺色的眼睛帶著說不出來的憂鬱，五官相當立體，混血樣貌給他帶來的是優雅的神祕貴族感，放在人群裡就是獨特，一眼望去可以馬上發現這個人的存在。

林致淵不免感嘆了下，難怪會有那麼多學姊、學妹喜歡，加上他有製作的實力和經營頻道，連學長學弟們都很崇拜他。

「林致淵學弟，久仰大名了。」高戴凡略薄的嘴唇吐露出有點冷的語氣。

「戴凡學長居然會注意到我這種普通學生，真讓人意外。」林致淵沒有因學長近乎不禮貌的審視眼神而情緒有所波動，反是坦然地讓對方繼續盯著他看。

「我先前就聽過有位學弟入學後幫大家解決很多煩心事，而且與一太學長有聯繫，可惜你似乎不太常參加交誼活動。」高戴凡毫不遮掩自己的目光與好奇，瞅著依然站著的學弟，淡漠地說：「還不好邀請。」

「這就冤枉了，我好像沒有被學長邀請過，擔任宿舍長之後公事很多，太忙了，沒太多時間參加活動啊。」林致淵不動聲色地微笑回應，旁邊兩位本來正在互咬的學長們察覺到氣氛怪異，不知道什麼時候自動安靜下來。「而且也沒有學長你說的那麼神，只是幫幾位同學處理點能力範圍內的事情，不算什麼。」

高戴凡回以帶點諷刺的冷笑，沒再多說什麼，不過目光倒是收回去，好像懶得浪費力氣說話似地，把注意力放回自己手機上。

對方的態度其實超沒禮貌，不過宿舍長當了有陣子，林致淵見過不少舉止怪異或是不定時發神經的住宿生，便沒特別放在心上。既然對方沒興趣說話，他就把視線投到趙銘身上。

「趙學長，我已經聯絡你們班的老師，有沒有其他事情要幫忙先處理的？」

「有有有！」趙銘連忙點頭。「其實有一位學妹我不認識，剛剛問其他人也說不熟，但她撞得有點嚴重，你可以幫忙查一下她的身分，然後聯絡她家人和老師嗎？」

雖然是來幫朋友的忙，不過張建昌性格有些大而化之，太過繁雜的事情沒多久就會搞得一頭亂，於是只能抱持著敬畏的心情望著在場最小的學弟勞碌命般替他們忙進忙出，不敢添亂。

林致淵很有禮貌地詢問了急診處與醫護人員，確認那位不明學妹目前的狀況，然後再次向那些還保持清醒、身在別家醫院的學長們打聽學妹的身分，最後勉強拼湊出暱稱，然後再打電話給系學院尋求幫助。

其實已經有幾位員警到場正在問車禍的經過，但那位奇異的學妹居然身上沒有錢包和證件，連應該有的手機都沒，員警們一時查不到她的身分，林致淵只好土法煉鋼地從趙學長手機裡找出今晚活動的照片，再把有拍到學妹的相片儘可能地發出去給其他人確認。

詭異的是，忙碌了大半夜，直到師長與部分家長都到場了，還是沒人能說得出那位學妹的身分。

「該不會其實不是學妹，而是混進來的學長粉絲吧？」

等到林致淵拿著飲料和礦泉水回去找另外三人，順便告知狀況後，趙銘若有所思地看著旁邊的高戴凡。

許多素人因網路變得知名後，雖然累積了不少粉絲跟隨，但有些隱私做得不太好的，可能會遇上某些粉絲靠著照片、影片背景，以及成名者的朋友、留言進行肉搜，混入對方的生活圈，甚至出現在像這樣的私人聚會裡。

高戴凡雖然沒有在網路上透露自己的個資，不過名字就打在作品上頭，平常的拍攝亦有出現校內畫面，稍微查找很快就會知道他的學校、科系，粉絲來找他的畫面也時有所見。所以趙銘立刻便往這方面思考，而且覺得十之八九可能是正確的。

把礦泉水交給還不能亂吃喝的趙銘兩人後，林致淵才把飲料遞給張建昌，露出安撫的微笑：「不用擔心，警方已經在查她的身分了，如果眞的是粉絲，警方和學校這邊會對她進行開導，讓她下次不要做讓別人感到困擾的事情。」

高戴凡點點頭，表示謝意。

「不過戴凡學長很帥，難怪會有女生追到你身邊。」張建昌抓抓頭，有點羨慕地開口：「哪天如果爬到床上，學長別浪費啊。」

被羨慕的帥哥冷冷嗤了聲，不予置評。

□

半夜一起學生們集體撞大貨車的事故造成八人輕重傷，分別送往兩所地區醫院。

經過校方與警方的協助、筆錄和釐清肇事原因後，有三人被趕到的家長帶回，另外三人重傷觀察，整套流程辦妥後已是清晨四、五點了。

「要幫你們叫計程車嗎？」確認最後兩人也可以離開後，林致淵看著正在打瞌睡的趙銘與依舊在看手機的高戴凡。「或者我和建昌學長送你們回去？」來的時候只有張建昌騎機車，這樣就得變成張建昌載一個人回去，而他叫車帶另一個人，自己再轉車回學校。

他們幾個雖然有些人傷勢不重，不過機車滑出去時造成各種撞損，還在事故現場，眼下是沒辦法騎自己的機車了。

「小賤賤載我。」趙銘不知道林致淵是搭便車來的，直接往自己好友死賴過去，省個車錢。

林致淵想了想，高戴凡的態度比較冷漠，可能不需要外人幫忙，正要問有沒有指定的計程車或要幫他聯絡朋友來載人時，對方突然先開口。

「致淵學弟方便幫個忙嗎。」高戴凡看看自己打石膏的左手，語氣仍是稍微有點冷，不過沒有剛才那麼不善。

「小淵你送一下戴凡學長回去吧？不然萬一還有其他粉絲跟蹤，就有點危險了。」趙銘沒有張建昌那麼白目，直覺想到如果有人混進他們的聚會，那搞不好也有人會偷偷跟蹤，他們有名的學長現在受傷，有個人陪他回家比較安全。

「好啊。」林致淵倒也不排斥，直接叫了計程車，幫大家拿好藥物，與師長們打過招呼後就一起離開醫院。

清晨的氣溫有些低，林致淵離開宿舍時有喊張建昌多拿兩件外套，正好遞給另外兩人。先送走機車組，他和一臉僵冷的學長站著等預約快到的計程車。

林致淵打了個哈欠，雖然是精力最好的年紀，不過他比較貪睡，平時如果沒有特殊事務不會徹夜不眠，現在一放鬆果然開始睏了。還在思考要不要上午請個假補眠時，旁邊的學長突然開口攀聊。

「學弟你……似乎眞的人緣很好。」高戴凡重新打量旁邊的大男生，雖然在醫院他沒說話，但觀察對方與師長的互動關係良好並且熟稔，可以看得出來很受老師們的寵愛，而且還不只本科系，其他科系的老師也一樣。

「可能是因爲我比較常跑科系的辦公室吧，畢竟宿舍學長學弟們經常有事情得幫忙。」

林致淵有點意外對方想繼續之前在院裡聊的話題，不動聲色地回答。

「感覺你家裡很好。」高戴凡輕笑了聲。

「……？」

「我是指很多同學都對你有很好的評價，今天看你也很會照顧人，感覺就是家裡家教很好，家人應該都相處得很好。」知道自己的話相當突兀，高戴凡補充說道：「不過你怎麼會住宿呢？你似乎是本地人吧。」

林致淵微笑了下，心中則是起了警戒。對方居然連他家就在這裡都知道，這就不是單純只聽同學們傳聞了。「因為工作關係，父母暫時在外地，為了不讓家人擔心，我才會住學校宿舍。」這點倒是真的，兄長那件事情發生後，雖然家裡不清楚內情，不過隱隱知道可能有狀況，直到哥哥起意想辭職離家，被外調工作的父母私底下時常顯露各種顧慮，憂心他們不在家會不會又發生狀況，他才會主動提出自己會找可靠的人一起住宿，至少有人可看照應。

至於為什麼會變成在校住宿的真正原因……可能就不方便告訴對方了。

高戴凡再次露出那種不經意的笑。「抱歉，我問太多私人問題了，主要是因為經常聽到其他人提到學弟很厲害的事情，而且還與一太學長認識，所以才對你很好奇。」

「戴凡學長認識一太學長嗎？」林致淵本身是因為案件的事和學校地盤關係，後來才與對方有所接觸，畢竟這所學校以前很多人都是聽一太的，直到現在畢業一、兩年了，校內還有許多人聽服他，很多事情依然會想辦法找對方幫忙，某方面來說，那位學長也是個傳奇的存在了。

「不算吧，我只是對他很有興趣，高中時候聽說過這位學長，後來選擇同校，還來不及認識對方就畢業了，真遺憾。」高戴凡露出可惜的神情，然後偏過頭，看見緩緩朝他們駛來的計程車，伸出完好的右手揮了揮，讓車子在前方停下。

林致淵向司機報好地址，正要跟著鑽進計程車時，突然發現後面的院所有點吵雜。

「發生什麼代誌啊？」車內的司機也注意到騷動，按下車窗努力地探頭，想看看醫院那邊出了什麼事。

遠遠的，可以看見已經有幾個人衝出急診室在門口探頭探腦，好像被什麼嚇到的樣子。過了幾秒，突然從院裡傳出叫嚷聲，距離有些遠，不過聽得出來是有人慘叫，以及一些周邊的大吼大叫。

仔細辨認，發現是「快點！」、「起痟了！」、「流血了流血了！」之類的話語。

「唉呦，該不會是喪屍吧。」計程車司機說出讓人感到莫名的結論。

「我去看看要不要幫忙。」林致淵想到還有好幾位老師在裡面，有點放心不下，剛要邁開腳步突然被人拽住手臂。

「警察在裡面，學弟你就不要去惹麻煩了。」從車內探出半個身體，高戴凡冷漠地說：「警察都有訓練過，還需要你多事嗎。」

這話是事實，林致淵頓了頓，依然覺得心裡有種揮之不去的怪異感。「那我至少去確認老師們是不是安全的。」趕來的老師裡也有女老師，如果出意外就不好了。

說著，他禮貌性地先移開對方的手，然後請司機暫時等他幾分鐘，會再另外加錢，這才趕緊往急診室方向跑。

不知道該不該算湊巧，當他到達出入口的同時，原本站在外面的人整群散開，發出各種驚叫聲，接著一抹黑影朝他直直撲過來。

林致淵反射性避開，看見一個男人踉蹌好幾步後摔倒在地，一身灰色的工作服上全是斑斑血跡，彷彿沒痛覺般機械式地緩慢轉過頭，雙眼以下的半張面孔全是血污，在地上抓耙的十指也都滿滿濃稠血水，因為被司機的話影響，竟然還給他可能真的遇到喪屍的荒唐想法。

男人用詭異又扭曲的姿態慢慢站起身，手腳有點不自然地抽搐，朝圍觀的人們咧開一個染血的笑容，露出的牙齒全都染上黑血，接著手舞足蹈地跳起了奇怪的步伐，還不斷喃喃唸著：「……弟子魂魄……五臟……侍衛我真……斬妖縛邪……凶穢消散……」

幾名員警衝出來包圍看似已經意識混亂的男人，凝神戒備。他們裡面有幾人原本今晚是來處理大學生撞車事件的，沒想到會在這裡又遇到一起可能吸毒發神經的案子，幾個人不敢大意，小心地慢慢縮小包圍圈。

「……玄女娘娘……騰雲駕霧……」

彷彿無感自己正被包圍，男人依然跳轉著身形，接著倏地轉向林致淵，露出讓人難以形容的凶惡神情：「……管閒事……自找死……當心多收你一條命……」

靠近的員警正要衝上去抓人，男人猛地驚呼一聲，一口血噴出來，整個人像是離水的魚震顫著用力一抽搐，緩緩倒下。

「沒呼吸了，快點救人！」

站在一邊的林致淵愣了好幾秒，直到員警把他擋開；他生起一種怪異的荒謬感，不確定對方剛剛那個是不是衝著自己來的警告。

接著有人拉住他的手臂，回頭一看是跟下車的高戴凡，高大的學長面無表情，一點也沒有因爲有人活生生在面前吐血倒地受到影響。

「就跟你說別管，看多只會心情不好，走了。」

2

「小淵！」

上午八、九點，勞累個通宵好不容易才返回校舍，剛進中庭，林致淵就聽見喊人聲，打起精神回頭，有點意外看見應該已經畢業的學長出現在後面。

「阿方學長。」

「嗨！」

阿方提著一袋早點遞給對方，爽朗笑道：「一太不知道爲啥，昨天就在說突然想吃學校附近的早餐店，還說要這個時間的限量版，我想說順便跟你打個招呼，沒想到這麼巧啊。」

林致淵接過早餐，回以笑容，「對啊，眞的巧，我才正要回宿舍。」

寶藏案過後，他哥哥林鴻志的事情雖然隱藏下來，不過眼前這位學長與當時幫學生們私下解決很多紛爭的一太學長則在不久後找上他，原以爲是要說關於他哥的事情，林致淵當下很戒備，沒想到是學長們過來交付一些事情，告訴他在大學這邊要注意的事，還有哪幾位老師、管理階層可以請託幫忙走點後門，要他好好照顧學校這邊的地盤。

本來林致淵還有點莫名其妙，雖然他在高中勉強算是風雲人物吧，但那也是同學老師們的偏愛，他是沒想過大學要多管閒事，正想低調、安安靜靜地上學，結果入學第一天起就不斷有人找他幫忙；應該說，最初是他們高中同樣考上這裡的同學拜託他，沒想到範圍越來越廣，短短不到兩週，上從老師下到學長們都開始詢問他可不可以幫做點事情。

初始只是跑腿，後來認識的人逐漸變多，便做起了居中調解某些衝突的角色，等到他反應過來，他已經成爲剛入學還不到半學期就奪下某種繼承地位的人物，有時候同學們在校外出事還會打他電話……他都不知道爲什麼手機號碼會被流出去，而且還是一大票人都有。

陸陸續續有些事超出能力，他只能尋求兩位當時找上他的學長出手，就這樣發展下來直到現在，他都不想知道自己除了被推上班長、系學會幹部、宿舍長之外，還有多少私下被冠上的身分了。

有時候想想，當時兩位學長預先來找他、彷彿預料一切的先知畫面，眞的會讓人感到毛骨悚然。

「你發生什麼事情嗎？」阿方正想閒聊兩句，眼尖地先發現對方外套上有點疑似血跡的污痕。

「喔，昨天在急診室那邊遇到吸毒的人。」林致淵稍微解釋了昨晚的事。那名男子昏迷後立刻又被送進去搶救，雖然高戴凡想拉走他，不過他還是先去確定了老師都沒有出問題才回計程車，上車後才發現外套有血跡，大概是那個怪人蹦跳時噴濺到的。

把高戴凡送回租屋處，對方原本堅持請他上去喝杯茶，不過他總有點怪怪的感覺，可能是那名陌生男人的話語多少造成他心裡不舒服，便委婉拒絕了，但學長好像很想跟他聊點什麼，硬是邀請了幾次，他以早上還要趕回去上課爲理由再次拒絕，好不容易才甩掉人上車返回宿舍。

「那你小心點，如果有遇到怪事要告訴我們。」阿方盤算著等等離開時打聽一下急診室的事情，有點懷疑一太昨天在吵要吃學校早餐，搞不好就是因爲要走這趟……反正這麼多年，他已經放棄那個直覺還是感覺的說法了，等發生了就知道。

「好，學長們現在工作室順利嗎？」林致淵知道阿方兩人畢業前便成立了自己的工作室，而且做得很不錯，近期在一些廣告上都還能看見他們的合作商標。

「滿順利的，不過前陣子比較忙。」阿方想了想，那個似乎也不能說比較忙，畢竟他們去搞個政治人物的底，前置作業還是花了不少時間，後面沒有留下痕跡，於是對方至今不知道自己栽在誰的手上，大概還在拚命挖他的政敵。

又再閒談了幾句，林致淵順口問出另個問題：「學長們認識一位高戴凡學長嗎？」

「聽過，但和本人沒有照過面。」阿方搖頭。「這兩年小有名氣的網紅對吧，一太前陣子才在說學校現在也越來越多知名人物了。」

「嗯，他好像對一太學長很有興趣，似乎是因爲一太學長才唸這所學校。」林致淵把兩人當時的對話描述了一次。

「……這就怪了，我們在校時喜歡一太的人不少，可是這個人沒有表態過，大概只是一般景仰吧。」阿方思索了半晌，對那位學弟實在沒有更深的印象，只好等等再問一太。那傢伙總是會在奇怪的時候冒出奇怪的直覺或朋友，說不定還眞有認識。

「好，學長們再注意吧。」雖然這樣說不太好，不過林致淵總覺得高戴凡的態度有點詭異，所以先和阿方打過招呼。

「知道了。」

「那我先回去補眠，昨晚都沒睡。」打了個大大的哈欠，林致淵半開玩笑地說：「之前聽說學長們會去夜遊還如常上課，精神眞的很好，我完全無法，上次連續夜遊處理飆車族的事結束後，我差點連睡三天爬不起來，眞不知道學長們怎麼辦到的。」重點是他身爲宿舍長還不斷偷偷溜出宿舍，如果不是舍監睜隻眼、閉隻眼，沒有讓其他住宿生知道，他都快帶頭做壞榜樣了。

「你體力比較差吧，你可以和小海練練。」阿方笑了出來，順便拍上學弟的肩膀。和一太比起來，這位學弟眞的比較弱一點，雖然也很常運動，但看起來就是瘦。「啊，不過我聽說你夜遊的事處理得很好啊，那些找學校學生麻煩的飆車族以爲一太畢業後可以鑽漏洞了，先前被你揍過又安分很多。」

「學弟拿命在拚的啊。」林致淵感到很無奈，大半夜不能睡覺還得連續好幾天跟飆車族周旋、打架，打完還得費精神處理善後，讓那些捱打的心服口服、不敢再挑釁滋事，他再度不解爲什麼以前學長們撐得住，同時學業成績還很好。

高中時雖然問題也很多，但沒大學這麼多，至少他高中大部分時間都還能好好睡。

「我們很看好你，加油。」阿方不由得大笑。雖然是一太指定的擺平者，不過這兩人的個性眞的差異很大。如果說一太是那種從骨子裡會散發讓人自然信服氣勢的高位者存在，這學弟就是親和力強到讓大家下意識會信任他的定位。

說起來，阿方還覺得這位學弟和以前的自己有點像，而且一樣愛打球，所以又更加認爲他不錯了，有點像多了個弟弟的有趣感。「你快回去休息吧，吃一吃再睡。」

「好……」林致淵句子拉得長長的，表示自己眞的很疲勞。

兩人打鬧一番正要各自離開，林致淵下意識抬頭往宿舍樓上看，臉色陡然劇變。

立即發現不對的阿方跟著看上去，赫然看見宿舍三樓的某間房窗戶大開，一名學生就站在窗外，鐵窗已經被打開了，那人半個身體卡在外頭，搖搖欲墜。

附近兩、三名早起要去覓食的住宿生同樣看見這幕，瞬間譁然。

「建昌學長！快回去！」馬上認出對方身分，林致淵衝著已一腳跨出鐵窗的人大喊：「劉學長！快把張學長拉回去！」他不確定同寢的另位住宿生能不能聽見，但還是先喊，同時引起其他住宿生和舍監的注意。

不過還來不及等到同寢的住宿生發現異狀，站在那裡的張建昌轉過頭，原本沒有表情的面孔突然對著聲音來源的方向一笑，整個人直接栽出鐵窗。

林致淵沒想太多，搶在對方撞擊地面前伸手接住，強大的力道砸到還來不及調整姿勢的肩上，只感到撕裂般的劇痛從各處傳出，接著黑暗襲來，最後只看見趴在他身上的張建昌依然保持著那抹極度詭異、好像被人用手扯住臉皮拉出來的不自然笑容。

□

那個曾經深信不疑的世界，慢慢地將在眼前崩毀。

你問那是什麼時候發生？

過去是如何？

將來會如何？

我無法對你訴說，因爲對於他人的信任早就瓦解……

……

………

Lizzie Borden took an axe……

細微的音樂聲緩慢流進了黑暗的意識中，歌詞有點熟悉，又帶點陌生。

「你睡了三天。」打斷莫名音樂聲的是帶了點溫和的嗓音：「我想很可能是睡眠不足引起的，畢竟你跟阿方說你會睡死。」

知道自己已經恢復意識，不過要睜開眼睛還是有點痛苦，林致淵反射性地呻吟出聲，好不容易才慢慢將沉重的眼皮打開，過了好幾秒終於能拼湊出眼前輪廓，再等了半晌，視線清明之後，看見坐在旁邊放下手機的人正好對他露出慣有的笑容。

「……一太學長。」林致淵努力擠出聲音。恍惚了有一會兒，慢慢想起最後記得的事。

「張學長……」

「放心，張建昌沒事，阿方那時候也幫忙接了，不過他只有手拉傷，過幾天就會好；你首當其衝傷得比較重，鎖骨有點裂開，最近行動要小心點。」一太看著病床上掙扎幾秒後徹底放棄活動的學弟，遞過水杯協助對方沾了幾口，才說道：「你應該不想通知父母，所以我擅自作主幫你攔下，這幾天是阿方和小海輪流在照顧你。」

等喉嚨的不適感減緩，林致淵苦笑了下，「謝謝學長。」既然恢復意識，他當然也很快理清了整個狀況，快速回憶事情後，不客氣地詢問：「張學長出什麼問題呢？」

他記得對方砸在他身上後那抹詭異的笑，不像對方平常的樣子，而且清晨分開送趙銘回租屋前都還有說有笑的，一點輕生的徵兆都沒有。

「你可能須要問的是，其他人出什麼問題。」一太糾正對方的問句，回望著學弟投來的疑惑眼神。「張建昌跳樓後還沒恢復意識，當晚趙銘也從自己的租屋四樓跳下，雙腿骨折，被家人帶回的另外三位學弟都發生一樣的事，幸好他們都不住在大樓或高樓層，所以沒有受到致命傷害。」

聽見對方的話，原本腦袋還有點昏沉的林致淵差不多整個清醒了。「這……」

「所幸除了張建昌，其餘幾人在昨天都陸續恢復意識，但對於自己為什麼會跳樓完全沒有印象，說不出所以然。」因為出了這場意外，且阿方當時在場，這兩天他們便一一詢問了其他幾人。「不過每個人都推說車禍意外那天有在凶宅玩筆仙，現在一致認為是筆仙作祟。」

當然也聽過這個傳聞，阿方於是拜託小海來幫忙照顧人，雖然他們不知道林致淵會不會「出問題」，不過有備無患。

小海在寶藏事件就認識他們，後來因為一太的關係陸續有接觸，當然一口答應下來。

「……等等，戴凡學長呢？」算了人數，林致淵想起還有個人。

「高戴凡沒有出事，他早上才來看過你，當時小海在場。」一太指著一邊桌上的一袋蘋果與一個紅色香袋，「他的探病禮物。」

還是覺得哪裡奇怪，林致淵盯著蘋果和平安符幾秒，想不出來。

「筆仙嗎……但建昌學長沒有去那場聚餐。」重新把重點放回詭異的跳樓事件，林致淵無力地想抬起手做點什麼，結果發現還是很痛，他再次放棄扭動，爽快當條鹹魚筆直躺好。

「阿方去問幾個人那天的聚餐詳細了，晚點會回來。」因為這樣才來替代照顧人，一太微笑著說道：「我告訴他想吃雞排，你等等別介意啊。」

「……不敢。」莫名感受到學長的惡趣味，林致淵做好會被炸物香味虐待的心理準備，他是傷患不能吃，只能想著等等會看到學長把病房當餐廳那令人悲傷的畫面。「對了，可以先不要告訴虞學長嗎？」總覺得這種奇怪的事會牽扯到那方面的問題，他想想，還是開口。

「嗯？不想阿因介入嗎？」一太有點意外。

林致淵點點頭，「虞學長也是滿辛苦的，所以如果沒有非得他不可，我想盡量自己解決。」雖然學校裡的都市傳說傳得如火如荼，還有往奇怪方向發展的趨勢，但一直與那些東西接觸並非好事，他看不見，卻不想把別人拖下水，更別說其實對方也不是專業人員，因此受傷就不好了。「萬一眞的不行，我再另想辦法。」說不定去請求宗教人員來處理會更好。

一太笑了笑，隱藏起自己的讚賞。他原本以爲繼任者會直接挑捷徑，畢竟就算沒有宣揚出去，虞因早些年接觸過的那些事情、案子還是有跡可循，條條例例都是破開眞相的傳說，更別說還有個在胡亂造神的陳關。

「別太勉強，有事就找我們。」既然是被自己拖下水去處理學校那些事情，一太當然不會眼睜睜看學弟栽到坑裡。

「好。」

兩人又聊了幾句，之後醫生來檢查，一太就先離開病房。

走到外面時，阿方已經在走廊座椅區等待了。

當然，並沒有買什麼雞排，只有兩瓶茶。

「我問了那幾個玩筆仙的，扣掉張建昌與還在昏迷的那三名重傷，其他人說法都大同小異，當晚的影片在這裡。」阿方等友人坐下後把茶和手機遞過去，在開影片時解釋道：「那個租屋房客是同校的大四生，叫謝逸昇，和高戴凡是高中同學。因爲手頭比較緊，加上畢製花的錢不少，爲了省錢才租發生過命案的凶宅，不過他本人說住在那裡兩年都沒發生過事情，前幾天學弟們吵著想看看凶宅會不會有東西出來，他才同意讓大家過去玩，正好大家要去的那天高戴凡也在場，他就順口邀約，所以最一開始其實只有邀六個人。」

「這麼說那個女生果然是多出來的。」一太接過耳機，開始看起影片。全部一共三段，前面是一群人吃吃喝喝、分別自我介紹，隨後就看見那名女孩靠在高戴凡旁邊的座位，笑嘻嘻地告訴幾個大男孩她的綽號是「小牧」，因爲態度過於自然，竟然沒人起疑她的來歷。

影片是用小型的手持攝影機拍攝，拍攝者就是屋主謝逸昇，開頭九個人還在燒烤爐前一起拍了合照，接著開開心心地炙燒起肉片，談話的內容大多是學校的各種八卦與哪班的學姊學妹很正，看得出來氣氛很好。

吃飽後幾人開始有模有樣地在租屋內逛了起來，雖說是學生租屋，不過使用空間意外地相當大，同層二樓的另外三個房間是上鎖的，一樓大廳與廚房、衛浴則完全開放使用，另外一樓有間小倉庫也是開著的，裡面堆了些許無主雜物。

屋內的燈全被打開，室內明亮寬敞，不說其實完全看不出是曾發生過死亡案件的凶宅。

拿著攝影機的謝逸昇聲音從旁邊傳來：「厲害吧，這樣一個房間一個月才三千含水電。聽說已經很久都租不出去了，不然就是租了沒多久人就跑掉；本來連那個倉庫也是房間，兩層樓五房分租這樣，但是前面的房客好像都遇到怪事逃走，房租一直降，這才讓我撿到便宜，雖然另外三個房間不能用，不過公用區域根本單人爽包。」

「什麼怪事啊？」鏡頭轉向說話的趙銘。

「好像房間外面常常有人走動，半夜聽到摔門聲，還有莫名一直被敲門。」謝逸昇幽幽地回：「有一屆學長遇到的更恐怖，他下午在準備考試時聽到一樓客廳傳來大吼大叫，然後有人打架乒乒乓乓的，他以爲是小偷還是另一個住客帶女朋友回來吵架，跑下樓要幹譙，結果發現根本沒人，可是家具移位，好像眞的有人打過架，他馬上衝去住朋友家，隔天就退租了，而另一個住客沒幾天後也退租逃走，保證金都不敢去討。」

或許是因爲屋內過於敞亮，失了三分說鬼故事的氣氛，幾個人沒感到恐怖，反而是不以爲然地笑出來。

「別笑啊，還有不少人是睡覺睡醒的隔天早上發現自己睡在床底下，然後全身莫名其妙瘀青，也有回租屋處後看到自己房間被亂翻，但報警卻發現其他分租的人都有不在場證明，不是在學校就是在打工……」準備好一肚子故事要來嚇學弟妹的屋主騰出手按掉一些燈，讓客廳變得稍暗。

「我聽說這裡發生過的是弒親。」一個大男生開口，他的名字叫洪仁瀚，隨著亮度降低，他刻意壓低聲音，陰森地描繪在網路上預作的恐怖功課。「大概十幾年前，這裡本來住一家四口，一對六、七十歲的老夫婦，一個四十三歲的單親中年父親和他十五歲的小孩。那個父親平常好吃懶做，幾乎都在啃老，小孩是有一次在外面亂搞，女方生下來之後不養，丟給他，他父母不忍孫兒被送走，所以帶回來養。」

「後來因爲中年父親長時間沒工作，頻頻從父母身上討錢賭博和喝酒，起了很多次爭執，直到有一天再次討錢未果……他突然失去理智，抓著七十歲的老父親痛毆，接著抄起椅子一直砸一直砸，把人活活砸死，整個頭都被砸到爆開，就在這個客廳裡面；隨後衝出去追上逃到門口想求救的母親，把六十七歲的母親撞了很多次牆，直到母親無法反抗後拖進家裡，搬起半人大小、木雕的佛像砸爛母親半顆頭。等到十五歲的小孩下課返家，這才發現爺爺、奶奶都死了，整個大廳都是血和腦漿，想要逃出去報警時被殺紅眼的父親抓住……你們猜最後如何？」洪仁瀚吊胃口般停下了故事，掃視著一干期待的眼神，才滿意地繼續開口：「打到最後，那個十五歲的兒子居然反殺他老子，從二樓把他老子推下樓，趁著那個中年人哀號爬不起來之際，拿搶來的菜刀往他頭上砍了五、六刀，之後小孩癱在屍體旁邊無法動彈……鄰居報案警方到場，看到的就是這種人倫地獄般的畫面。」

周邊的幾人紛紛倒吸口氣。

趙銘轉看一臉雲淡風輕、似乎已經知道故事的高戴凡，戰戰兢兢地說道：「學長你的新影片創意來源該不會是這件凶案吧？」

「是啊。」高戴凡笑了笑，完全不掩飾。

幾名學弟又倒抽口氣。

「總之，當時房子就這樣成爲凶宅，不過因爲兩老有其他家人，存活的小孩被親戚接走，房子也在事後整理完出租，沒想到活像被詛咒一樣不斷發生詭異事件，造成現在敢來這裡的已經很少了。」說故事的人聳聳肩，結束營造恐怖氣氛的第一回合。

可能是故事眞的有氣氛加成效果，屋內的詭異空氣就這樣慢慢瀰漫開來，幾名大男生雖然還是嘻嘻哈哈的，倒也不像剛剛那麼怡然自得。

「我有聽過另一個說法。」這時，站在右側邊的趙銘突然開口，同框的另外八人紛紛看向他，就連執鏡的屋主也把鏡頭轉過去。「來的時候我問了住在這附近的朋友，其實這裡還發生過另一起事件……就是這屋子開始出租後，曾經有個租戶退租離開，人就這樣不見了，好像被詛咒一樣。」

「不見了？」叫作小牧的女孩縮著身體，像是很害怕一樣靠往自己身旁的大學生。

「嗯，當時有另一個人也租這裡，前一天半夜時聽到吵架聲，半夢半醒以爲是分租的室友和女朋友吵架，隔天醒來才想到房子的鬼故事，覺得毛骨悚然所以沒有多問，逃去住朋友家和退租。結果回來打包行李時沒看到另一個住户，隔沒幾天就聽說對方也退租了，又過一陣子，才知道對方退租後失蹤了，警察還來問過失蹤前有沒有異常，聽說到現在都還找不到。」趙銘倒沒有吊大家胃口，很快就把整個故事說完。「奇怪的是在那之後這屋子就常常聽到女生哭，但失蹤的是男生，整個謎一樣，還有謠傳他可能那天吵架把女友殺了藏屍，所以才躲起來，另一個房客在睡的時候很可能隔壁正在殺人。」

「那他女朋友呢？」小牧戰戰兢兢地開口。

「好像也失蹤了，這就沒人傳了，不知道她後來怎樣，聽說也是七、八年前的事了。」趙銘搔搔下巴，遺憾地將鬼故事結束。

「說到這個……」

其中一名男生正要開口，突然一陣門鈴傳來，把幾個人嚇得紛紛驚呼，直到聽見外面喊外送到了。

「抱歉抱歉，我點的外送。」謝逸昇笑道，把正在拍攝的攝影機放到一邊，畫面一轉只剩下剛才燒烤的餐桌。

「我去一下廁所。」不知道是誰這樣說道。

過了一會兒，攝影機重新被拿起繼續側錄屋內情況。

謝逸昇已經提著兩袋甜點進來，受到屋內眾人的熱烈歡迎。

「剛突然想到這家還不錯吃，等等吃完再繼續吧。」謝逸昇笑著把裡面分裝好的甜品拿出來，是各種口味的豆花，一一發送給嗷嗷待哺的眾人，正好發到剩最後一碗時，那個去廁所的也跑出來，歡天喜地地領走他的份。

接下來的畫面就是九人圍著小餐桌，邊吃邊打鬧說些笑話，剛剛鬼故事的氣氛已經蕩然無存，還有人開起黃色笑話。

點心吃完稍做整理後，攝影機再度被放下，幾秒後重新拿起，回到謝逸昇手上，而凶宅錄影也繼續開始。

一群人再次繞了屋子裡裡外外兩趟，終於有人提議玩碟仙，然後被駁回沒有器材，立刻有人改說那玩筆仙，且馬上通過，行動力很強地準備起簡易用具，就這麼玩起傳說中的喚靈遊戲。

從畫面上可以看出來主要玩了筆仙的其實只有四人，洪仁瀚、趙銘、小牧，以及另一名男生，掌鏡的謝逸昇並沒有加入，全場話最少的高戴凡也沒有，只是站在一邊看。

「喔幹眞的動了。」

過了一會兒，幾人手中的筆開始動起來，就和網路上那些玩恐怖遊戲該有的反應一樣，幾個人都喊著自己沒有施力，眞的是筆動了云云，旁邊的人開始起鬨問出各式各樣的問題。

「祢是男還是女啊？」

「祢幾歲？」

「我覺得老師很辣，想追老師會不會成功？」

「可以出來讓我們看一下嗎？一起拍照留紀念啊。」

「不要害羞啊，等祢們一整個晚上都沒看到影子，這樣沒辦法值回票價耶。」

「祢們是不是死得很慘？該不會是太醜才不出來吧？有沒有啥要交代？」

「幹靠杯喔！不要問這種問題！」

過程中其實並沒有太大狀況，扣掉那些沒禮貌的喧鬧，問題的答覆率約一半一半，有的會給不知道正不正確的答案，有的則是莫名其妙，最後請回去也是順利地放回，相當流暢，以至於幾個人在短暫的刺激過後開始大喊無聊。

隨後就計畫要出去夜遊並討論路線。

「啊，我就不去了，明天還有個報告，要早睡。」鏡外的謝逸昇說道，馬上遭到一陣公幹。

後來大夥收拾收拾，拍攝也差不多告一段落，等一行人離開屋子後就結束了。

一太將手機還給主人，轉開已經退冰的烏龍茶。

「我去找謝逸昇時他沒發生什麼事，他表示當時聽到其他八個人離開出車禍也很訝異，他們離開後他並沒有發現什麼異狀。影片的話是借用了高戴凡的攝影機。高戴凡有在經營影音頻道，有比較多工具，所以經常借他器材使用。」阿方將影片轉寄了一份給躺在病房裡休息的學弟，然後才收回手機，說道：「聊了一下，我覺得他真的沒什麼奇怪的地方，說話和精神都很正常……搞不好類似小海那樣，不太容易被別的東西影響。」

「這並不代表其他人不會被影響。」一太思索了片刻，歪著腦袋邊考慮著剛剛看到的影片裡的異常，邊繼續開口：「影片確實有問題，學弟應該也坐不住，這兩天找個學校裡的人幫忙他蓋行程，然後你好好休息吧。」

「啊？爲啥要休息？」阿方本來以爲友人會要他去跟著學弟，沒想到是個出乎意料之外的結論。

「我們都畢業了，跑回學校裡不太方便啊。」

阿方無言地看著喝起烏龍茶的人。「……你怎麼覺得我會信？」如果換個人來說這句話，可能還有點說服力，但眼前這人完全一點都不可信好嗎。他回學校哪裡會不方便，絕對從警衛到老師都大開方便之門，想知道什麼就問什麼啊！

「我是有種感覺，讓學弟去摸索會順利很多。」一太食指輕輕敲著茶瓶，答道：「畢竟現在我們不是學生了，他們的圈子，要讓他自己去辦。另外就是我們還有其他的事得做，而且某人是不可能不讓他管他就會眞的乖乖不管的。」

說到這個，他就覺得林致淵想得太簡單了，怎麼可能說不告知就不會知道呢，畢竟那人旁邊還有個陳關，說不定學校發生什麼怪異事情的消息知道得比他們更早呢，只是在於他想不想來接觸，或是身邊的人要不要放他過來接觸這種差別而已。

一想到「某人」，阿方嘖嘖了兩聲，先別說到底有沒有筆仙這回事，八個人全車禍就夠詭異了，還是他們的母校，怎麼想都還是會跑來管的好嗎。

「還有那個高戴凡……只有他沒有跳樓，這人有點意思。」一太把玩著手上的飲料瓶，想起了剛剛和學弟交談時得到的情報，對方似乎聲稱因爲自己而讀這所學校呢，不過在學時全然沒見過這個人，到底是個想做點什麼的藉口，還是想藉此接近誰的理由？

正想說些什麼，阿方的手機傳來聲響，有人傳了影片網址給他。「張建昌跳樓時，附近學生拍的影片，幾分鐘前放上網路。」說著，他直接點開連結，立即出現那天早上害他手拉傷的元凶。

清晨人很少，但這並不妨礙現代年輕人看見熱鬧就拿手機出來拍攝的新時代本能，影片一開始搖晃得很厲害，拍攝者可能也因爲驚嚇而手抖，反覆對焦幾次，畫面才逐漸清晰，正好就是張建昌一腳跨出陽台的瞬間。

當時林致淵的喊聲也被錄下來了，接著是鐵窗內的人往外墜下。

「暫停。」一太瞇起眼睛。

瞬間靜止的畫面雖然因爲遠拍有點模糊，但也足夠讓兩人看見窗台內的東西。

明明上一秒沒有，但在張建昌下墜的瞬間，陽台鐵窗內出現了一道黑色身影，只大約能看出一點輪廓，還有似乎正要收回手的動作，影片再度播放的下一秒，黑影卻消失了，彷彿錯覺——如果沒有正好被錄下來，那團黑糊身影幾乎只能說是眼花了。

阿方看著重新定格的黑影，張建昌那天跳樓的詭異笑容突然浮現腦中，雞皮疙瘩不由得冒了出來，更想到剛剛影片裡那些傢伙嚷著出來合照的話語。

因此觸怒某個存在嗎？

兩人交換了眼神，還沒開口，手機又跳出新的訊息通知，打開後發現又是另一段影片的網址，這次場景比較陌生，不過可以看出來是當天聚會後車禍輕傷的另一名學生，同樣站在自己住家的陽台，後面傳來家人的驚恐喊聲，這支影片比學校的清楚很多，直接錄下學生咧開笑臉、往外一跳的瞬間。

不用對方講，阿方在看見影片異常的同時按下暫停，果然看見一樣的黑影站在陽台內，不清楚的輪廓被拍到的時間不足一秒，轉瞬即逝。

影片下方已開始有些零星討論，眼尖的人很快捕捉到相同的黑影，煞有其事地留下冤魂帶煞、須要趕快去求神之類的文字，也有不少人質疑是後製效果，兩抹黑影太像了，幾乎就是同個東西放入兩段影片裡，再做個融入背景的修改，弄得好像眞的有什麼靈異事件。甚至還有網友質疑一切都是大學生想紅的造假片，不然爲什麼跳樓要選低樓層而不是眞的會死人的高樓層，下方絕對有安全保護接住人，有種就去十幾樓跳云云。

身爲「接住」一員的阿方當然知道不是什麼想紅的假片，不過網路就是這樣，也不需要浪費時間反駁。當時爲了省麻煩，他們接人的事沒有外傳，用了點方法不讓媒體知道，這支上傳的影片因爲拍攝者反應比較慢，也沒有拍到他們救人，鏡頭跟著往下時張建昌和林致淵已經在地上了，猛一看只會覺得是壓到路人。

「你覺得如何？」阿方還是有點毛毛的。那兩抹人影會被質疑造假不是沒有原因，因爲黑影的位置不對，在窗台內的黑影輪廓都被拍到大腿，簡單地說，幾乎是「浮」在窗台內，和一般人在室內會被遮掉下半身不太一樣。

當然也可以說他們墊椅子啦，不過阿方直覺是沒有墊椅子。

「沒什麼感想。」其實就像影片裡顯示的一樣，怪異點只有那不到一秒的時間，很明確地點出兩人墜樓都有奇妙的原因……不過這在那天就知道了，現在多了點讓世人追逐討論的證據而已。

「好吧，那我就繼續查那女生的背景還有租屋的事故詳細。」阿方有點遺憾不能藉這機會跑回學校玩。人人都說畢業之後就會懷念起以前學校的生活，他也不例外。

「還要再查個人。」一太補充道。

「知道，那個中邪的人對吧。」

阿方當然知道還有那名看似不相干的男性，即是當晚林致淵在急診室外看見、癲狂擺動的人。

這麼巧當晚八個人車禍，剛好當晚急診室就有人吸毒起乩。

巧合什麼的，果然還是無法相信呢。

3

張建昌清醒是在第二日下午。

林致淵辦好出院手續沒多久就接到趙銘的電話，幸好他還沒離院，吊著右手臂轉回住院病棟與趙銘會合。

「小舍長，這邊。」喜歡幫別人亂冠綽號的趙銘樣子很慘地坐在輪椅上朝他揮手，後面推著輪椅的是一臉無奈的婦人。等人到面前，他正好介紹：「這是我媽，一知道小賤賤清醒我就趕過來了。」

趙銘的母親雖然有些年紀，不過可以看得出年輕時候很漂亮，一股書香培育的優雅氣質環繞在她身上，與受傷還不安分的趙銘完全是兩個世界的類型。

其實張建昌與趙銘的關係很好，除了是同班同學，兩人似乎有點遠房親戚關係，論輩分還得喊個堂兄弟之類的稱呼，這也是兩傢伙認識後某次無聊追溯自己出生地和祖宗八代才發現的事情，於是交情更上一層樓，以致於趙銘出事情第一時間就是打電話給張建昌，現在張建昌醒了，想到的也是先聯絡趙銘。

林致淵向趙銘母親禮貌性打過招呼後，正好看見張建昌的家長恭恭敬敬地把醫生送到房門口，各種千謝萬謝，好一會兒醫生才從感動的家長們手中逃脫。

「姑姑。」趙銘很熟悉地朝張母咧了一笑。

「姑什麼姑，你們這群猴死囝仔不知道天高地厚玩什麼鬼屋和筆仙，七月半鴨子不知道死活。」張母一巴掌拍在矮一截的趙銘腦袋上，沒好氣地罵道：「我拜託了師父，等等會過來，你們兩個死孩子給我乖乖地等師父處理，趕走那些冤親債主……真的被你們氣死。」

大概是心有戚戚焉，趙母也往自家兒子腦袋上巴下去，配合著張母數落幾句。

「唉呦，媽你們這樣會被騙錢啦……」

「靠夭喔！人家師父沒收過錢的！亂講話！」

「沒收過錢也會賣東西啊……」

「那師父沒賣東西！他一仙五銀都沒收過，人家是看事幫忙！等等不要亂講話！」

教訓完小孩，張母才轉向杵在一邊的林致淵，很抱歉地彎起苦笑：「聽說是你救了我們家那個智障兒子，張媽媽在這裡謝謝你了，如果不介意，下次張媽媽請你好好吃一頓，還有另一位你們的學長也一起；害你們都受傷了，得吃豬腳麵線過過運。」

「這沒什麼，別介意啦，建昌學長平常也很照顧我。」林致淵爽朗一笑，向婦人表示不用掛懷。「人好好的比較重要，我已經幫建昌學長先請了傷假，這陣子讓他多休息吧。」

因爲眼前的舍長看上去乖巧懂事，兩位母親欣慰又感激地再次道過謝，然後多數落了砲火口的趙銘幾句，才進房間去看清醒的張建昌。

會讓張母感謝那麼多人的原因是張建昌墜樓那天眞的很危險，就像個眞正沒有留戀的自殺者一樣，他漫不經心地跨出鐵窗，不在意墜落姿勢，如果不是有兩個人搶上來當肉墊，差點就頭著地直接腦袋開花了。

於是當林致淵踏進病房，得到的就是學長熱烈的歡迎——

「小淵我愛你，過來給我親一個。」其實傷勢並不嚴重，也是只有個右腳小骨折的張建昌張開雙手，敞開寬廣的懷抱，打算讓學弟見識一下他的感激之心。

「不用了謝謝。」林致淵保持著笑容，往旁邊一站，與床保持距離。他學長那條骨折的腿就是直接撞在他肩膀上那條，把他鎖骨都砸裂了，認眞地說，這筆醫藥費還得找對方討呢。「看到你醒來就好了。」雖然到現在還是不知道這人爲什麼會昏迷，明明受傷的是那條腿，結果昏得比誰都久，難怪他母親會那麼緊張。

張建昌照樣咧個大大的笑。

幾人寒暄了一會兒，兩位母親就被受傷的兒子們先請去醫院附設的咖啡座，暫時離開病房。

確認媽媽們走遠了，趙銘賊頭賊腦地盯著走廊，快速把房門關上，動作不順地推著輪椅回到病床前：「好！確保領地淨空！」

張建昌完全不安分地爬起來半坐，兩人齊齊盯著滿臉問號的學弟。

「……有什麼我該知道的事情嗎？」林致淵被看了半晌，已經不是感覺怪的問題了，他覺得這兩學長就是在等他開口，好滿足他們身爲情報者的虛榮心。

「既然你都開口問了，我們就大發慈悲地回答你。」張建昌竄改了動畫台詞，洋洋得意地從旁邊的櫃子拿起他沒被摔壞的手機。

這年紀的大學生基本上差不多都是這樣，只要沒被不知名的東西弄死，他們就會變得比先前更興奮，而且因爲自己獨特的經歷，會讓他們有種高人一等的感覺，類似我有你沒有，我是天選之人的神奇心態。

林致淵也不是第一次見人這樣了，基本上男宿裡大多人都是這種德行，所以有些人格外喜歡在奇怪的時間吃泡麵，享受沒得吃的人公幹的聲音。

學長們興致勃勃地翻著手機，他只覺得有點頭暈，可能是受傷的後遺症——那一砸除了肩膀受創還有不少內傷，於是他就先坐下來，耐心等候。

沒多久，張建昌就從手機裡找出幾張相片，喜孜孜地往學弟湊過去。「小淵你看你看，趙銘他們筆仙大會拍的，我們從醫院回去那天還在討論的說，本來想要隔天拿給你分享。」

揉了揉額頭，林致淵側過身去看對方手機──他來之前已經從一太學長那邊得到當晚的錄影，其實早發現影片詭異之處，所以在看照片時已有點心理準備會看見不合理的異樣。

接著他看著照片上滿滿的燒肉。

「……」這兩個學長是很想再被丟出去一次嗎？

「我要說，燒肉眞的好好吃，下次你們宿舍活動可以辦個烤肉大會，記得邀請我。」趙銘一臉幸福地回憶當晚的美味，在學弟翻臉前，他的好朋友張建昌先一步翻到下一張相片。

照片拍的是已經撤掉燒肉的餐桌，也就是他們接著玩筆仙前的合照，一行人背對大門口，面向屋內鏡頭，各自擺出不同姿勢。

九個人後面，隱約能看見在大門處有道模糊黑影，身形佝僂，彷彿是個老人的樣子。

拍攝的人可能怕手震或其他人眨眼，用的是連拍模式，許多類似的照片當中，一共有三張拍到那抹身影，剩下的則是沒有，影子相當模糊，只看得出來是一抹黑，穿著、面目什麼的都看不清。

「你看，真的有東西在那裡。」趙銘開心地說：「本來想傳給其他人，不過現在不太好，過一陣子再給他們看……啊，還有這張。」

張建昌翻出來的另一張照片是那名叫作小牧的女孩的自拍照，據說是趙銘厚著臉皮跟人家要照片，女生也大方地拿他的手機直接自拍，標準地由上往下拍攝，隱隱能看見白皙的鎖骨和小巧許多的可愛臉龐。

只是一起入鏡的左手原本應該是空擺著，相片上卻出現了一隻模糊的蒼白手掌拉著女孩的手，彷彿在牽手或是想把她拉走。那隻突如其來的半透明手掌只出現到手腕部分，後面整個消失。

林致淵瞇起眼睛看了一會兒，覺得那手掌有點纖細，像是女孩子的大小和形狀。

「有種值回票價的感覺。」突然認爲自己腿斷得有點道理，趙銘覺得這些照片和經歷夠他炫耀半個學期了。

按著越來越痛的額頭，林致淵感到無言，他注意到兩位學長似乎都沒有發現照片和影片眞正怪異的地方，就像其他參與的人不知爲何，全體都認爲毫無古怪。

「趙學長……你們那天參加的，一共九個人，不是嗎？」那些影片和現在看見的照片不是沒有異狀，而是有太多異狀了。「拍照的是誰？」

不管怎麼看，他們那天的活動裡面，從頭到尾都「多一個人」。

林致淵話一出口，原先還在嘻嘻哈哈的兩學長猛地安靜下來，毫無表情地緩緩轉向他，目光瞬間變得有點呆滯。

接著，兩人嘴角似乎被什麼拉起，露出一模一樣、僵硬又詭異的微笑。

□

林致淵沒預料到自己會遭到攻擊。

應該說，他沒有想到明明兩個都斷腿的人，竟然有辦法襲擊他。

還沒從怪異的笑容裡反應過來，他先被旁邊坐在輪椅上的趙銘撲倒，斷了雙腿的趙銘當然是站不起來，直接仗著體型比較龐大把他壓倒在地。

第一時間沒有做出反抗，林致淵被結實地撞倒，腦袋還叩到地板，原本已經在暈的頭更炸開疼痛，然後聽見床上傳出騷動，張建昌拖著一條腿翻下床，直接壓到他身上狠狠掐住露出的脖子。

遭到兩個成年男子的重壓，差點內臟都被壓出來，更別說脖子被掐住，林致淵瞬間差點

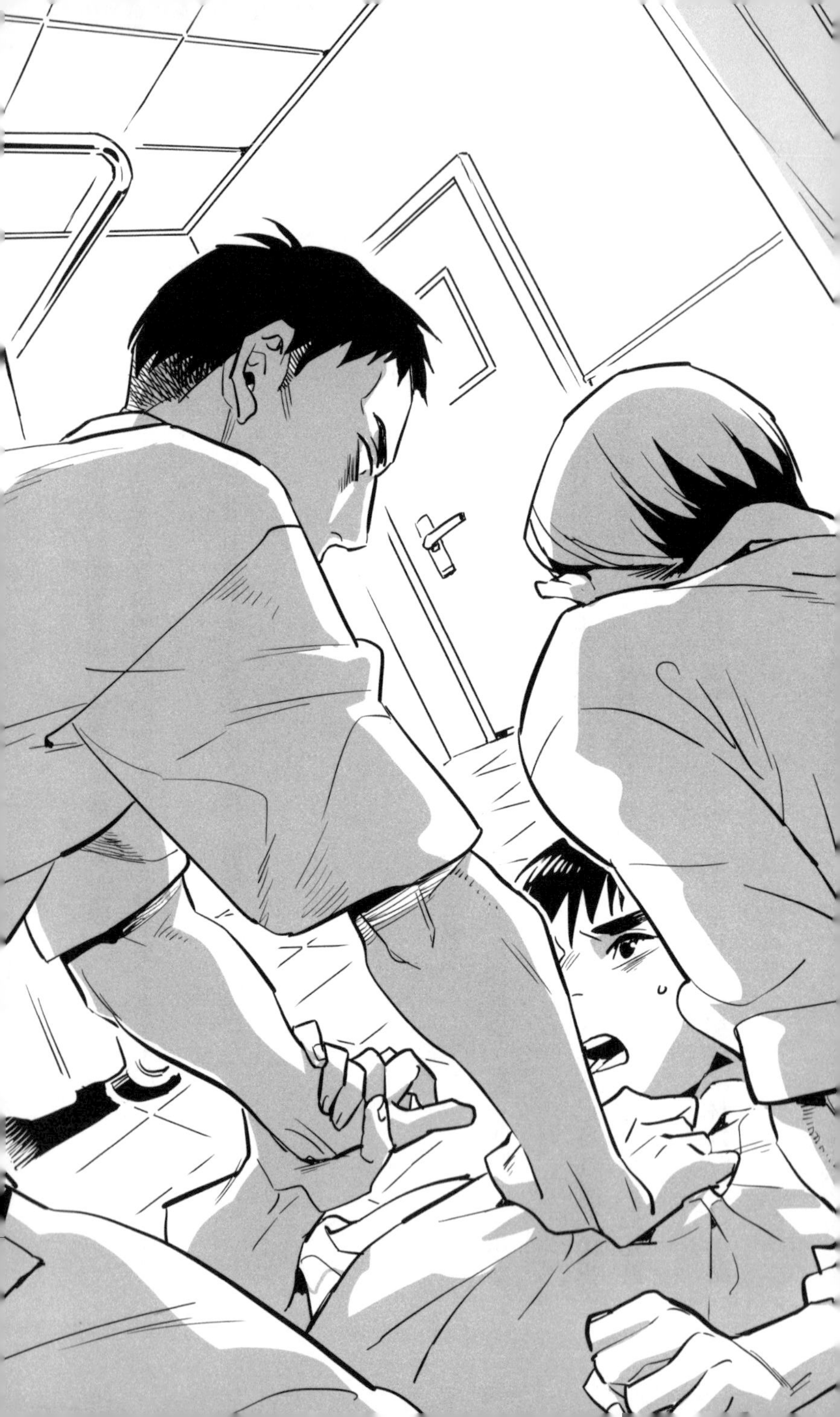

眞的量過去，不過本能反應讓他先使出最後的力量扣住張建昌的右手關節一轉，迫使對方鬆開一手，才沒被阻斷空氣。

笑著的張建昌眞的下狠手，手指被迫離開時，他都可以感覺到脖子上火焚的痛感，八成直接被抓下一層皮了。

就在這時候，病房的門被用力撞開，外面炸開喧鬧，有男男女女的喊叫聲，沒聽清楚是什麼聲音，不過可以聽出恐慌。

林致淵還沒往外求救，突然就有水往旁邊潑過來，水量不大，大概是一碗公那種量，伴著巨大的喝斥聲：「妖邪污穢，退！」

趙銘和張建昌幾乎同時失去力氣，兩個人突然軟倒下來，各自滾到一邊。

「快點把人拉出來。」

接著是好幾個人把意識有點模糊的林致淵從下面扶開，約莫幾秒後他才看清楚是四、五名護理師，以及兩位學長的母親，幾個人都是一臉驚疑不定，最後是皺眉嚴肅著一張方臉，拿著碗公的中年男子。

首先他可以確認水是中年男子潑的。

「同學你沒事吧？」一名膽子比較大的護理師扶著林致淵到旁邊坐下，很憂心地看著一脖子血的大男孩。

林致淵甩甩嗡嗡響的腦袋，才勉強笑了笑。「還好，沒什麼大礙。」

另一邊的人已七手八腳地把昏過去的張趙兩人暫時先安置到病床上。

趁著這段時間，他才聽旁邊的護理師告訴他，張母她們剛離開沒多久，「大師」就來了，所以很快便轉回病房，沒想到房門被鎖起來，怎樣敲都沒人回應，護理師們過來幫忙開門也沒辦法，直到那位師父借來大碗公，不知道放了什麼進水裡，往門撒了些許後才終於把門打開，沒想到一開就看見三個大學生扭在一起的驚悚畫面。

林致淵沒有告訴對方，他完全沒聽見有什麼人敲門，房門平靜得連外面走廊的聲音都沒有，更別說趙銘去關門時根本沒有上鎖。

還在思考剛才的事情，那位一臉剛正嚴肅的中年男子拿了個紙杯倒水，接著從側背包裡取出小瓶子，不知道往杯裡加了幾滴什麼，遞給他。

「……不喝符水可以嗎？」林致淵苦笑了下，不是對宗教有什麼意見，而是他不太想喝來路不明的東西。

「這是觀音淨水！」男人沒好氣地把杯子塞到他手上。

「呃……」好像有人也會這樣形容符水。

「寺裡的後院有供奉一尊竹林觀音，每天早上師父們都會在竹林收集露水和唸誦經文，不是燒符水。」可能覺得男孩爲難的表情有點喜感，男人鬆了嚴肅的臉多解釋幾句：「頂多加了點淨鹽，少見多怪，已經消毒煮過了。」

聽起來好像眞的好一點，林致淵只好道謝，握著紙杯把半杯的水喝掉。他本來還以爲所謂的「大師」是那種要做法的，沒想到看起來好像普通人一樣，不但有蓄頭髮，穿得也很簡便，襯衫搭配休閒褲，放在路上就是一大堆常見的中年人的樣子，絲毫看不出來是高人。

不知道是不是錯覺，喝完後暈眩眞的有稍微改善。

「你最近運勢不佳，陽衰陰起，若身邊有福大的人，近期多和他走近點，借點庇護。」男人見男孩乖乖喝掉水，這才點點頭說：「跟感冒一樣，人一輩子就是會有幾次倒楣，俗話說『人若衰，種匏仔生菜瓜』，什麼都有可能會發生，年輕人自己多斟酌，聽聽意見參考不是壞事。若眞的害怕，就去寺裡禮禮佛聽點經，淨淨心，調整你們說的磁場，讓邪祟不能隨便影響你，當然也有心安的功能。另外就是多注意周遭狀況，不要讓帶惡的人事物太靠近你，運低時最容易被鑽縫陷害，不可不防。」

「……好的。」林致淵摸摸脖子，還有點在出血，那位護理師已經拿了緊急藥物過來幫他處理。「兩位學長……」

男人皺起眉，掃了兩名躺平的大學生。「少年人不知好歹，好好的要去引不該引的東西，這驚險當作教訓，幸好平常不是大奸大惡，剛被影響不深，回頭做點處理就好了……他們引事的東西呢？」

「呃、靈異照片？」林致淵只能想到剛才還在看的手機。

兩位母親連忙把兒子們的手機交給大師。

男人再次把碗公裝滿水，又倒了小瓶子裡的液體，接著做出張建昌和趙銘如果清醒著大概會哭出來的舉動——把兩支手機丟到碗公裡洗全身浴。

「這支被摸過了，如果不喜歡看要不要換掉，不然就是泡久一點，吹乾之後再帶去寺裡繞一繞。」男人指著趙銘的手機，這樣告訴趙母，後者連連點頭。

林致淵看著男人一連串的處理，感覺對方好像眞的有點本事，與那些電視上看過的「大師」不太一樣。

「他們沒碰過其他帶穢東西嗎？」男人看著手機一會兒，問道。

兩位母親一臉疑惑，然後搖頭表示兒子們沒有說其他問題了。

男子神情狐疑了幾秒後才說：「不該啊……大概他們自己碰了不知道，算了，這陣子安分守己點，讓他們少屁股癢亂來，衰個幾天會漸漸好起來。」

之後醫生趕來，便把林致淵帶去另間病房休息，所以沒看見怎麼處理「後續」。

溫柔的護理師與另位醫師替他包紮好頸子，幫他檢查有沒有受傷，以及本來的傷勢有沒有加劇，確認沒有問題就讓他一個人先安靜躺一會平復情緒，真的沒事再離開。

整個空間再次靜默下來後，林致淵先撥了阿方的手機。

□

「學弟還好嗎？」

醫院事件還沒發生的稍早，調查不少事情的阿方走了趟某人的工作室——果然如他們所料，對方早就從陳關那聽到相關事情，一見他上門便放下旁邊的陌生人，擔心地開口發問。

林致淵接替一太的事情對方也知道，當時一太還跟他說如果有學校相關的問題可以找這位學弟，沒想到是學弟先出問題了。

那個某人——虞因盯著訪客，憂心忡忡地開口：「我聽阿關講了大概經過，影片呢？你們不是弄到了？我看看有什麼不對的地方。」

「喔……你可以先忙，我等等給你。」阿方看著陌生的第三者，並沒有當場接話討論。

虞因這時才想起還有另外一個人，一臉無奈地轉過頭，面向剛剛正在接待的訪客，再次感受到陣陣的腦袋痛。

不知第幾次帶著困擾開口：「所以我說，我們這邊眞的沒有缺人，不好意思啦大哥。」

站在那邊的中年人也不知道第幾次微微一笑，似乎不是很在乎對方的煩惱表情。「沒關係，我就沒事過來問問，如果哪天你們缺人再告訴我。」

「喔……」

有點無言地看著一派怡然自得的訪客，虞因抓抓後頸，沒轍地在心裡暗暗嘆了口氣，然後朝阿方聳聳肩。根據往常經驗，眼前的人逛了一會兒後就會走人，倒還不用太過擔心賴著不走。

這名中年人姓沈，四十二歲，約莫是半個月前突然來訪，剛開始虞因以爲就像其他客戶一樣，不是來找他們三人其中之一，就是看了網路食記來買個麵包點心什麼的，直到對方告知來意——工作室缺不缺人？他想應徵。

虞因當場空白了三秒，第一時間想到的是該不會是哪個損友又在搞他，例如姓嚴的那一位，又或者是姓陳的……於是他只能很認眞地請教對方哪裡看來的徵人啓事，他們並沒有缺人，也沒有刊登。結果這位先生就說他不是看徵人來的，是路過看見工作室感覺不錯，似乎很適合求職，就來毛遂自薦。

這下真的是滿頭問號了，他完全不理解對方選擇工作的標準，幸好對方也不是當場糾纏個沒完沒了，確認沒有缺人後很快就離開了——那天虞因是這樣覺得，沒想到過兩天這人又來，之後每隔兩、三天他就出現一次，如果不是工作室沒啥好圖的，他真的會覺得這人是不是想來工作室淘金。

「我們是真的不缺，剛畢業創業很艱辛，現在還負債中，短時間內都沒有外聘的打算。」見對方也是中年求職不易，虞因想想，客氣地說：「而且我們主攻設計和烘焙，和大哥你的專長不符合，您還是多看看別家比較實際吧。」

對方第一天來拜訪時給的應徵履歷是行政主管，還有人資部門管理，與他們工作室真的天差地遠，更別說他們才三人，有聿和東風這種人體電腦存在，完全不需要專人來管理啊。

「沒關係，我就是問看看，你不用困擾，我也有到其他公司應徵，可能過幾天就會去上班了。」訪客這樣帶著微笑回答，就和這幾次來的時候差不多，客氣到讓虞因沒辦法像對某些奧客一樣直接轟出去。「你在忙我就先走了，改天見。」

禮貌地向阿方一點頭，訪客就悠悠哉哉地離開了。

「什麼人啊，要不要幫忙？」

阿方當然把虞因的無奈都看在眼裡，思考著晚點離開時候調查下那名中年人的背景。

「沒事，他就是失業了在外面應徵和閒逛，我二爸有查背景，很單純。況且這邊連警車巡邏都會多繞兩圈，很安全的。」虞因笑了笑，常來的人大多知道轄區員警經常在這裡出入，還不時進店內買吃的，以至於訪客們都習慣三不五時會在這邊撞見員警，還詭異地形成了友好氣氛，遇到時不只會打招呼，還會交換哪種東西比較好吃、吃完的感想等等諸如此類的意見。

他就看過常跑來買小蛋糕的高中女生和巡邏員警在店門口大談上週連五天各款甜點的特點與口感，兩人差點互留通訊方式交換美食筆記，不知道的還以爲是年齡相差很多的親朋好友或是父女。也看過某科技公司董事長爲了最後一塊蛋糕低聲下氣地和幼稚園小朋友講道理，因爲好死不死他家太座那天異常想吃柑橘蛋糕，而小朋友進店內一眼就看中那塊蛋糕，媽媽結帳的同時董事長正好踏入店內，發出哀號，雖然母親有意相讓，但兒子無法理解爲什麼會有個大叔要和他搶蛋糕，於是董事長耗了半小時，最後終於用一組全套豪華遙控車和另一塊六吋水果蛋糕把那份小蛋糕換過來，讓母親感到很尷尬，道歉連連，幸好董事長也是秉持著要雙方滿意、公平交換的寵溺精神，樂得讓小孩子敲竹槓。

所以說，美食果然是拉近人與人距離的最好媒介。

「喔也是。」阿方點點頭，表示同意。如果沒有其他勢力盯著，這工作室大概是最安全的店家。「不過看那位先生有點年紀了，現在中年失業工作不太好找，大公司還各種裁員，也滿可憐的。」

這就是虞因沒有向那名中年人擺臉色的原因，中年失業在求職上眞的比年輕人困難很多，除了體力已大不如前，大多企業與公司都偏向聘用新鮮人，因爲薪水給付比較低，還可趁剛畢業不懂事好好壓榨一下，充足的活力和敏捷的思考、創意也是競爭要點。有了一定年齡後，像這樣管理階層的人要再找新工作，除了薪水難適應，還要面對很多年輕同事，年輕人也不太樂意被父輩的主管或同事指指點點，造成工作上的隔閡與溝通不易。

即使這中年人可能眞的很優秀，但在面對大量後起之秀的各種優勢競爭，依然很難找到一份極佳又薪水優渥，甚至能完全發揮自己專長的差事。

所以他可以體諒無論什麼機會都想試試的對方的想法。

不過那人哪來的自信在他們這邊就可以完全發揮啊？

「我只希望他可以快點找到工作，他好像沒有跟家人說他失業了，之前有一次不小心提到說等找到工作再和家裡說換工作什麼的……這樣一整天在外面閒逛也是很辛苦。」更別說還不能亂花錢去娛樂，虞因嘆了口氣，重新把話題帶回他更擔心的方向：「影片呢？」

阿方直接把影片傳給友人。

既然陳關是個大嘴巴，那早晚都會知道，與其讓對方不放心，自己又跑去胡亂探索，不如讓對方同步進度，至少他和一太盯著還比較安全……大概，應該吧。

想想對方有過好幾次突然消失的紀錄，阿方又不太確定是不是會眞的安全了。

虞因很快看完影片，立刻發現人數不對的問題，而且還有一段時間的錄影根本是「不明人士」錄的，那九個學弟妹都沒發現，彷彿集體被催眠。

「這個傳說阿關以前有說過。」關掉手機，虞因無奈地搖頭：「房子不是我們學區的，垃圾阿關當時還提出要去被詛咒的鬼屋探險，我就叫他去吃屎，原來還有在租人，房東眞不知道是鐵齒還是缺錢。」更神祕的是，這幾年來還眞陸續有人抱持探險的精神去租。

雖然是租給了不認識的學弟，但房子其實有點遠，離學校有一段路，騎車大約要十五分鐘，正常來說，他們學校的學生找租屋不至於會跑到那邊去，大概是因爲租金太便宜，才吸引了想省錢的學弟跑去承租。

發生八人車禍後，重新想起往事的陳關馬上第一時間打電話給他做各種渲染，還說猛鬼租屋的詛咒又發威了，一次八個正好一路發。

虞因聽完的第一反應是：爲什麼阿飄要出現在陳關的烏鴉嘴系列裡面，接著叫對方少白目跑去現場勘景，就把電話掛掉。

「不過剛剛影片裡的傳說和我以前聽到的不太一樣。」虞因把陳關的聲音從腦子裡刪掉，思索了幾秒，說：「整體架構很像，可是我聽過的版本是周遭的鄰居說，那對老夫婦對兒子的控制慾很強，不管他做什麼都要管東管西，原本那個中年兒子是要結婚的，在父母干預下女方跑了，小孩丟給他，兒子就自暴自棄關在家裡當啃老族，也有點報復父母的意思，所以一家人就這樣積累著對彼此的不滿，直到最後爆發了、發生悲劇，後來聽說晚上都會聽到怪聲，所以鄰居們就都搬走了。另一個故事則差不多，也是男生失蹤，結果房間裡是女生在哭的聲音，不過男生到底有沒有失蹤眾說紛紜，還是比較多人偏向他吵架後殺害女友，爲了躲避刑責在家人幫忙下逃走，至今都沒有出現過，變成是懸案了。」

「嗯，我這兩天有去查了當年附近的鄰居和案子，可是最早屋主的親戚可能有點勢力，大概是要保護未成年小孩，所以媒體取得的說法不太一致，兩種都有，我想說……」阿方話還沒說完就被電話聲打斷，一看顯示是正提到的學弟，他只好向虞因打個招呼，走去門口接電話。

同時間，虞因聽見另個聲響。

樓梯方向傳來走動的聲音，很快便來到大廳。

「人呢？」聿端著一大盤烤布丁，左右張望了下，沒有看見先前還在說話的其他人。

「阿方去外面接電話。」看著顯然是今天下午的特製甜點，虞因嗅著香噴噴的焦糖味與奶香，精神瞬間好起來，直接打劫一杯布丁開動。「你宅配的酒到了喔，明天可以做上次有酒的那個葡萄乾麵包嗎？」

上回聿用某種剩下的酒醃漬了葡萄乾和一些水果乾，混在麵粉團裡做了一款酒漬果乾麵包，好吃到虞因現在還在回味，滿滿的餡料與外酥內軟的麵包簡直絕配。

「好。」聿點點頭，覺得今天應該不會被追究烤布丁的分量。他在樓上藏了一半要自己吃的，這盤是剩下的一半。如果被發現，面前的傢伙八成又要開始像個老頭一樣碎碎唸他這樣吃布丁會死，雖然很好吃，但是會被甜點撐爆而死之類的……他就沒看過有人被布丁果凍撐死的，搞得每次做自己特別喜歡吃的甜點時，都要諜對諜把預留分量分散藏匿到各處，或趁對方不注意時帶回家，之後再一一吃掉。

把托盤交給對方去擺放，聿一眼就看見放在小吧台上的一小堆果凍條，直接抽一條拆來吃。

「欸你吃自己做的不就好了嗎，幹嘛和東風搶吃的。」這是稍早送包裹來時宅配人員送的，說要給東風。不知道宅配大哥是不是注意到了，有陣子東風很常叼著這牌果凍條……應該說是營養果凍條。虞因比較少吃這類食品，這和那些能量果凍很像，就是做成條狀的更方便隨時食用，東風會吃是因爲前段時間他客戶的工廠正好在開發，送了他一箱嚐鮮，味道也還算不錯，沒有太多添加物，所以他趕工偷懶不吃飯時就會拿這玩意當飯吃，也因此被自己罵好幾次，所以虞因印象深刻到連東風喜歡天空色包裝的白葡萄口味都記得。

這東西在虞因眼裡看起來就和貓食差不多，正好東風食量小，所以聿拿去吃就有點像在搶貓食一樣的感覺。

咬著草莓口味的聿扮了個鬼臉，然後繼續吃。

「欸對了你這該不會只有半盤吧？」虞因盯著展示櫃裡擺放漂亮的布丁們，轉過頭，看著某扣押點心的慣犯。

「……」

果然還是逃不過老媽子的碎碎唸嗎？

「你們在幹嘛啊？」

還沒進入大廳就聽到裡頭的騷動聲，東風踏過門，疑惑地看著某社會人士對著他弟說什麼會死會死之類的話語。

「例行說教。」聿懶洋洋地回道。

「什麼說教！我是爲你好欸。」虞因大怒，轉頭尋求同盟：「小聿點心吃太誇張了，之前藏得還沒那麼多，現在越藏越多了，他這樣一天十幾個布丁下去會死的，還會營養不良！影響發育怎麼辦？」

「……他甚至長得比你高呢，而且平常有在運動，你們對打時他還打贏你，你怎麼好意思說這種話。」東風想也不想直覺嗆了過去。

「……我勸你們說人話時善良一點。」虞因冷漠地看著投靠敵人的不友善增援。

東風聳聳肩，走到吧台後方幫自己沖杯溫飲。「我明天不過來，有點事情。」

「好喔。」剛剛才被打敗的虞因還有點悲傷，只能憤憤地大口吃掉半顆剛拿到的布丁，又很悲憤地覺得實在是太好吃了，爲什麼這麼會做點心的人在他家，害他現在吃外面的甜點都變挑了。

就在他憤慨的時候，阿方拿著手機走進來，露出了有點奇怪的表情。

「怎麼了嗎？」虞因停下動作，三人一起看著阿方。

「小淵的電話有點怪。」阿方也習慣了兩個小的不時會冒出來的畫面，就把剛剛自己接聽然後察覺不對而錄音下來的音檔當著幾人播放出來。

先傳出的是一段沙沙的機械聲，前面應該還有一些，阿方解釋是因爲聲音持續了很久，他發現怪異時基於工作習慣直接順手按下錄音，所以前面有部分沒錄到。這段聲響持續了一、兩分鐘，接著出現某種很像呵氣聲的聲音，那種被拖得有點長、「嗬～嗬～」的怪聲。

林致淵當然不是那種會打惡作劇電話的人。

詭異的聲音持續不短時間，虞因他們在屋內打鬧，阿方便聽了同等時間的怪聲，整段錄下來竟然有五分多鐘。

「這什麼意思？」阿方就算再怎樣遲鈍，也知道這通電話不正常，於是筆直看著虞因。

不得不說，虞因在聽的時候還眞的覺得背脊有點冷，雖然聽不出內容，可是某種寒意透過那些詭譎的聲音傳來，給他一股不懷好意的不善感。

「借我。」一邊的聿伸出手，向阿方討來手機，走到旁邊的電腦把錄音拷了一份過去，接著快速處理音源。

「這是什麼養兒子會後悔的案子嗎？」東風拿過剩下半顆的布丁，挖了一口嚐味道，接著轉過去拿個完整布丁出來。

「啊？」虞因愣了下。

「生的雜種什麼的。」東風直接吐出讓另外兩人訝異的話：「錄音裡面說的。」

「欸不是，你有聽到什麼？」虞因肯定自己剛才沒有聽到說話聲。

東風還沒回話，椅子上的聿已經朝他們招手，把自己處理好的錄音放出來，不過是倒著播放，而且還有兩段不同的倍速。

接著所有人都聽見了異常詭異的笑聲——

「呵呵呵……呵呵呵……哈哈哈哈……」

「……呵呵呵呵……鬼生的雜種……」

最前面那段雜音是用更快的速度，但有一小段阿方沒有錄到，於是就這樣戛然而止。不知道是不是經過處理，這些聲音整個很扭曲，絲毫聽不出男女，而是變調的電子音，所以更讓人有種雞皮疙瘩豎起來的恐怖感。

阿方和虞因面面相覷。

「東風你剛剛聽到這麼完整的？」虞因幾秒後反應過來，立刻看向旁邊的友人。

「……？不是本來就這樣嗎？」東風反而不解為什麼聿要特地處理背景音。

「啊……我可以交接給你了。」虞因感嘆著拍拍對方的肩膀。

「滾。」雖然不知道他什麼意思，東風還是先嗆再說。

虞因本來還想要講幾句幹話緩和氣氛，突然覺得鼻子一癢，下意識伸手一擦就是血，猛一抬頭就看見大門方向出現抹影子。

滿臉是血的黑影對著他們咧開笑，眨眼消散在空氣當中。

林致淵放下手機，有點疑惑爲什麼阿方沒有接電話。

平常如果不是正在忙，對方基本上接得滿快的，即使在忙也會很快找時間回撥，但他等了有一會兒，還是沒等到，邊想著對方大概是眞的有什麼事，邊開始整理準備離開醫院。

雖然差點被兩個人壓爆滿痛的，不過自己也是打過不少架的人，這點程度還可以忍受。

張建昌那邊的病房還在忙，他就沒特地過去打招呼，直接走人。

才剛踏出醫院沒幾步，他就察覺到有人在尾隨，對方的跟蹤技術很拙劣，過於刻意躲避他的視線，所以反而很容易注意到那倉皇的藏躲軌跡。

沒多久，林致淵便發現對方是名中年女性，外表年紀可能快和他母親差不多，打扮得整潔舒爽，長髮沒染燙，規矩地束在腦後，是那種乾乾淨淨的上班族。

感覺不到有惡意，於是他走了一段路、進入附近的綠園道後停下腳步。「請問妳有什麼事情嗎？」

那名女性也沒有躲起來，而是直接坦然走到對方面前，有點抱歉地一笑。「不好意思，因爲外面有些記者，我不想引起騷動，所以只能跟著你先離開……有些事情想要詢問，你應該也是那些大學生裡的其中一位？」

「妳問的應該是我學長，如果有事我可以幫忙傳達，請問妳是哪位？」看對方特地提到記者和大學生，林致淵思考了下，應該是衝著學長的事來的，但對方不太清楚是哪八人，可能把來幫忙的他和其他人搞混，畢竟他也算是牽連住院。「媒體的話很抱歉，謝絕採訪。」

因爲同時八名學生出車禍，加上有宣稱玩筆仙，所以已經變成了媒體的好題材，這兩天有許多人嘗試想接觸相關學生，甚至不少記者跑到學校拍攝，以至於校方要求學生們不談事件，也和學生們的家長周旋，得到家長的配合——家長的立場是孩子們搞事太丟臉了，怕刊出來後不懂事的小孩子被網路陌生人士霸凌，於是想要把事情儘可能壓到不上報導最好。

「我不是記者。」女性連忙說道，然後翻找出一張名片遞給大男孩，很誠懇地說：「我是爲了那棟出事的房子而來，我叫黃庭珊，是相關人士，方便換個地方說話嗎？」

林致淵看了看名片，是房屋仲介，確實不是記者，想想便點頭，兩人隨即在附近找了間人少的咖啡店，在最角落不會被聽見談話的位子坐下。

點完飲料，女性——黃庭珊這才開口：「其實我原本是想找那位承租的謝逸昇同學，我是負責那棟屋子的仲介，但一直聯絡不上他本人，只好先找其他幾位問問狀況，可是過去時，趙銘的家人說他不能見客，但你剛離開，可以來問問你。」

林致淵這才恍然大悟，看來是因爲趙銘母親的話讓對方誤會了，對方可能也不是在躲他，而是躲記者，怕追上來會被記者注意到，所以一路跟到外面才找時機現身。

「妳還是找謝學長會比較好，我對房子的事不太清楚，只知道那天晚上學長們在屋裡聚餐，玩了個遊戲，不過如果眞的要說有問題，在玩遊戲之前就已經有了，不全然是學長他們的錯。」意識到自己的回答可能會影響到學長租屋的問題，林致淵謹愼地說道：「如果妳是承辦的仲介，應該最清楚那棟屋子本身存在的是怎樣的狀況。」

「這當然是知道的，租出前我們也有確實地告知謝同學，同時準備了類似的套房要介紹給他，不過他堅持要租，並表示自己的預算有限，簽約時亦有針對這點特別簽署，我這次過來只是看看需不需要幫忙，或是協助退租等等。」女性嘆了口氣，有點無奈：「我看同學你也是聰明人，現在學生都很會使用網路，大家都知道那棟房子的問題，就沒什麼好隱瞞的。站在仲介的立場，雖然有人承租很好，不過屋子狀況特殊，我個人是不太希望有人在裡頭發生事情，畢竟房客健康活著還是比較好的。」

「……那爲什麼你們還要讓房子出租呢？如果房子一直出意外，最該勸服的是房東不要再外租吧。」林致淵微笑著反問，手指磨蹭著剛剛端上來的水果茶杯身，冰涼的觸感讓他微微瞇起眼，看著眼前的仲介：「自那位房客死後，你們就不應該再外租才對，不是嗎。」

黃庭珊被哽得一時半刻說不出什麼，接著語氣才變得有點吞吞吐吐，說道：「這也是沒辦法的事情……房東堅持不賣掉，但他很缺錢，我們只能盡量把正常的房間租出去……」

「這還眞是讓人匪夷所思，雖然我不解民間有什麼可以讓凶宅外租保平安的處理辦法，但我確實是很不懂商人的想法。」似乎沒將對方的窘迫看在眼裡，林致淵保持著笑容，抿了口茶水。「我的確無法代替謝學長說什麼，您可能要聯絡他本人比較好，如果有其他需要，我很樂意幫忙，或者您願意再跟我說一些那屋子須要注意的事情，我也好勸謝學長盡早搬家……又或者，您是須要從特殊的狀況裡得到某些消息？有人『請託』妳嗎？」

看著眼前大男孩慢慢轉爲銳利的視線，黃庭珊最終還是無奈一笑，知道不說明，對方是不會如她所願開口了。「的確，有人委託我們外租房子後，如果房客遇到異狀，必須把整體狀況告知他，他會另外再給我們一筆費用。」

「房東本人或是房東親戚呢？」

「這就不便告知。」

林致淵點點頭，了解對方的困難點，於是說：「我正打算去找謝學長，如果不介意，我們一起過去吧，關於您想知道的狀況，路上倒可以讓妳看看當晚聚餐的影片，再多的話就沒有了。」聚餐影片最終是會外流的，他那些學長們很不安分，所以眼下還可以稍微作爲籌碼使用一下。

「好，我開車吧。」黃庭珊趁著對方還沒改變心意，趕緊招來店員買單。

等對方取車的期間，林致淵又撥打了阿方的電話，依然無人接聽，只能發訊息告知狀況，並請他去查仲介的身分和公司是否屬實。按出傳送，同時女性也開著自己的車輛到達，是寶藍色的圓圓小房車，後座對腿長的人來說會有點窘迫的那種，所以他乖乖地坐入副駕駛位，發現還是有點小，差點撞到頭。

女性看他有點爲難的模樣，笑了下。

「我兒子也說我這車買得很小，不過我很不會停車，這種大小比較剛好，你們腿長的就忍耐一會兒吧。」

□

謝逸昇的租屋雖然離學校較遠，不過從醫院出發卻算近。

畢竟當天學生們車禍送醫都是就近，車程很短，花不了太多時間。

到達目的地後，讓林致淵比較意外的是大老遠就看見個算是有點眼熟的身影在那棟房子前走動，似乎是想進去，只是不知道出於什麼原因站在外面，不時探頭想看看屋裡狀況。

「高學長？」

一下車，林致淵趕忙走到對方後面喊了聲，回過頭的果然就是那位寡言的學長，看見他也挑了下眉，彷彿同樣意外他的到來。

「我要找謝學長……這位是租屋的仲介，好像聯絡不上謝學長，我們正好遇到。」林致淵簡單地介紹停好車走來的女性。

「我要找逸昇拿器材，晚點拍片要用，打手機都沒人接，我有他的備用鑰匙，本來打算自己拿，沒想到他鎖了裡面的防盜鎖。」高戴凡說了在這裡的原因。

「謝學長有說要去哪嗎？」林致淵不知道爲什麼有種微妙的不祥預感，且不曉得是不是多心，突然又開始有些輕微頭暈起來。

「沒，我昨晚跟他說要拿，他還說如果他不在我可以自己進去，但他今天應該都在。」又看了眼房子，高戴凡說：「我正打算爬窗進去，要找東西墊腳，不過既然你也要找他，那你爬吧。」

「……？」林致淵一臉問號。

「我是指，你比較小隻，我扛你爬窗戶總比你扛我好吧。」高戴凡指指上方沒有緊鎖的氣窗。

「……我是傷患。」況且他好歹也有一百七十多好嗎？

看著只高自己幾公分的高戴凡，林致淵非常想問對方差異在哪裡，況且這學長還偏瘦，說不定體重比他輕不少，怎麼好意思說這種話？

「我也是傷患，所以我說我扛你，你就不用弄到傷處了。」

「是不用扛。」林致淵無奈地看了學長一眼，早就看好旁邊有點突出的壁面裝飾，三兩下借力單手攀住窗框，讓自己艱難地鑽進去。

高戴凡仰頭看著貓一般爬進狹小氣窗的學弟，勾動唇角，回頭看了眼也在注視同位置的房仲，說道：「應該很快就開了。」

黃庭珊點點頭，耐心等候。

相較外頭兩人的悠哉，費了點工夫才進屋的林致淵還沒落地就先感覺到一陣好像冷氣開得過強的低溫，以及在大白天裡黑到有點不正常的環境。

雖然沒來過這裡，不過自己是從氣窗爬進來的，再怎麼說氣窗多少應該能提供點光源，只是透進光的地方似乎被什麼遮住了，說屋內伸手不見五指也不爲過。靠著對影片的記憶摸索了幾秒，他覺得不行，拿出手機打開手電筒，很快找到屋內開關，拍下去卻不是預料中的日光燈，亮起的反而是角落夜燈。

昏黃的光有限度地將室內染成詭異的暗紅色。

林致淵這時才發現一樓的「門」都開著，不論是小倉庫的門，又或是洗手間的門，全都敞開，露出像是嘴部一樣深黑的咽喉。

再怎麼遲鈍，他也發現屋內的異常。

按著發痛的肩膀，他抹掉因爲疼痛冒出的冷汗，試了兩、三次，果然無法打開大門，正考慮要不要使用暴力開門法時，某種他解釋不了的東西好像察覺到他的意圖，猛地一聲巨響從大門另一邊傳來，重物連續撞了兩、三次，之後再次靜默。

莫名地，他想起離院前那位「大師」的交代，不過現在他要去哪裡找個運勢好、福大命大的？

連阿方學長都不回他電話了，身爲學弟的他感到有點孤單。

正在想著要不要從氣窗原位鑽出去，突然聽見那些黑暗的房間裡好像有什麼在爬行的聲音，但什麼也看不見。

「……」

好虧喔。

都到這種地步了居然看不見東西，有點感傷。

林致淵想想，既然開不了門，那些房間看起來又好像一臉危險不能進去，他只能朝貌似唯一看起來還算正常的樓梯走去，結果還沒踏上兩步，就看見盡頭的二樓有個人站在那裡。

「謝學長？」雖然周遭有點黑，不過手電筒光打上去還是照出了對方那張慘白的臉，正是大家口裡說聯絡不到的謝逸昇。

二樓也是完全熄燈的狀態，如果不是因爲林致淵往樓梯走又開著手電筒，其實很難察覺對方站在樓梯口處，俯瞰著他的那張臉一點表情也沒有，甚至隱隱掛著有點詭異的淡淡微笑。早先被另外兩位學長攻擊過，他當然不會傻到秒跑上去，萬一對方撲下來，這次可能眞的得在病床上躺個十天半個月。

謝逸昇並沒有回答下方學弟試探的喊聲，只維持著原本的姿勢站在原地。

爲了避免眞的遭到對方跳下來壓扁的窘況，林致淵退開兩步，正想找個方法移動到上面時，猛地就看見謝逸昇背後的黑暗裡突然出現一雙白色的手，死白到發青的手指慢慢貼在大男生的脖子上，慢動作輕輕地收緊。

下一秒，白手用力掐進皮膚內，而且將人整個向後拖走。

「謝學長！」不管是不是有什麼在作祟，林致淵還是用最快速度竄上樓梯，跨出腳步正要追上去時，後方突然有人伸出手抓住他的手臂和肩膀，本來就受傷的肩膀處因爲這些動作炸開劇痛，痛到他眼前一黑，竟然還轉出幾顆有點閃爍的星星。

等他緩過來能再次睜開眼睛時，才發現眼前一片大亮，半個身體已經探出懸空，只差一步就會從高空下墜。

「小淵！放鬆不要用力！」

身後傳來熟悉的聲音，林致淵猛地驚覺自己正在反抗緊抓住他的兩雙手，連忙卸掉全身力氣，讓他們將自己拉回後方。

摔回水泥地上後，他先是再疼了一輪，等到肩膀的撕裂痛緩過後才抬起頭，看見了兩位學長的臉。

原來還是驚動對方了啊。

林致淵不由得苦笑。

「阿方學長、虞學長。」

阿方沒好氣地看著縮成一團、抱著肩膀，渾身散發可憐兮兮感的學弟。

他一直聯絡不上這傢伙，又總覺得眼皮在跳，結果就接到一太的電話要他們來謝逸昇的住處，可能會有點什麼事情發生，本來還有些半信半疑，但旁邊的虞因也說他看到不太好的東西……反正先來這裡看一趟會比較好。

哪知道一到租屋處便看見高戴凡兩人在外面等待，下秒虞因臉色大變，直接要他們把門撞開，一行人眞的準備暴力撞門才發現門已經開鎖，所以沒花到什麼力氣。反正開了門一路找到頂樓，就看到林致淵不知道怎麼跑上三樓水塔陽台，就要從上面跳下去。

「幸好來得及。」虞因抹了把冷汗，轉頭看向帶著血腥氣味的黑影在樓梯口緩緩消失，才按下內心的緊張。

同行跟過來的聿在林致淵面前蹲下，檢視對方可能二度受創的肩膀，並做些臨時處理，重新固定不該移動的肩膀，然後找出對方背包裡醫院開的消炎藥和止痛藥，連水一起交給傷患服下。

陸陸續續，高戴凡與黃庭珊也都來到頂樓，一臉莫名地看著幾人。

「等等要回醫院重新包紮。」聿做好處理就讓開位置，方便阿方把人攙起來。

「謝學長……」林致淵開口，發現喉嚨有點疼痛，吞了吞口水才再次說：「謝學長應該還在屋子裡，你們先去找他。」

「不用擔心，他在房間睡大頭覺。」站在後方的高戴凡說道：「我剛剛去看過了，睡得跟豬一樣，應該是熬夜做東西，待會把他弄醒就好了。」

林致淵聽了才鬆口氣，乖乖地跟著一行人離開房子，暫時在聿開來的車輛邊休息。高戴凡則是到二樓就轉去房間喊醒友人，沒有一起出來。

聿倒了杯水給現場唯一的傷患，然後看了看虞因。

「我人好好的你很意外是吧。」虞因一記白眼過去，對方那個「藥居然不是用在你身上」的表情太欠扁。

聳聳肩，聿走到一邊去。

「你們都是相關的人嗎？」環顧著突然變多的年輕人，黃庭珊有點疑惑，不解爲什麼會同時出現這麼多人，還有剛剛的異狀也讓她詫異，在第一時間拿起手機拍攝，正好錄下把大學生從露台上拉下的畫面。

「我們都是同校的學生。」阿方站出來，主動擋下對方往其他人身上投去的好奇心。

「妳應該是要找謝學弟的，人好像已經下樓了，妳先進去吧。」

黃庭珊往回看了眼，謝逸昇和高戴凡果然已走下樓，她也只能先進屋去辦正事。

站在屋外的幾人隱約還能聽見仲介詢問謝逸昇那天晚上的事情經過。

確認他們交談起來，虞因才壓低聲音，以只有三人能聽見的音量開口：「要死了，林致淵你好歹也先通知阿方帶小海來啊！你知不知道這裡阿飄很凶啊！」他實在很不想形容自己剛到時候看到的畫面。

雖然大概知道這傳說中的房子問題很多，但剛到時，虞因還是不由得打了個冷顫——站在二樓窗台的黑影自上俯瞰下方，彷彿挑釁般凝視著看不見它的所有人，散發出來的惡意就連還有點距離的虞因都能馬上感覺到，更別提他們衝上頂樓時他看見了林致淵身後的黑影正打算將他往下推，如同那幾個跳樓的學弟一樣。

所以住在這裡很久還完好沒事的天兵到底是有什麼強運？

面對學長們不掩飾的擔心，林致淵覺得有點感動，然後回以一笑：「幸好我看不見，沒驚嚇。」

「……沒你個頭。」都快被推下去了還敢說自己沒驚嚇。虞因送一記白眼過去，然後說：「阿方一直打電話給你，你怎麼不接電話？」

「呃，我沒有收到阿方學長的電話？」爲了表示沒有說謊，林致淵把手機遞給站在一邊的阿方，補充道：「我也正奇怪爲什麼我打電話給學長都沒有回應，還傳了訊息告訴你我要來這裡的事。」

阿方也把自己手機拿給學弟看，他同樣沒有收到對方的來電和訊息，但兩人的手機明白顯示他們都有互撥給對方，可是對方手機卻都沒有接到這些通訊。

「這就尷尬了。」林致淵下了個結論。

「別鬧了，這很危險。」阿方把手機交還給對方，順手揉揉學弟的腦袋，憂心地說：「如果我們沒有上去，你現在已經躺在醫院裡了。」

「所以學長們來得眞巧，我運氣不錯。」這方面來說，林致淵認爲自己眞的挺幸運的，畢竟他那些跳樓的天兵學長還斷腿在醫院裡，自己被阻止得及時，可能是平常幫他們在宿舍收爛尾有累積點功德，正在回報。

「與其說是運氣不錯，倒不如說它們可能是一下子沒辦法弄死你們，所以要慢慢來。」虞因思考了下自己過往的經驗，認爲大概是這幾個學弟正逢年輕體壯的年紀，比較不容易被抓交替還是什麼的，那些帶有惡意的存在就得慢慢磨掉他們的活力，等到時間差不多，就眞的會送命了。

聽著對方的解釋，林致淵再次想起醫院那個大師，並把那時候的狀況告訴兩位學長。

「那你就乖乖照做吧。」阿方當年也是跟著經歷不少事情，所以在這方面屬於寧可信其有的立場，更別說眼前就有個活生生的血例友人。

林致淵點點頭，然後視線一轉，注意到高戴凡走出來朝他們招手。「你們要進去坐嗎？現在應該沒問題，我看裡面都好好的。」

虞因看往屋內，確定眞的暫時沒東西，才對其他人點頭，他也想看看屋子裡是什麼狀況。來之前已經傳了訊息，請大爸幫忙查這房子的舊事，不知道有沒有辦法核實傳說裡的兩件命案。

重新回到屋內，果然已沒有先前那種凝滯、不善的氣氛，燈都打開後反而相當明亮舒適，完全想不到這是發生過事情的地方。

謝逸昇邊招呼著訪客們，邊端來簡單的瓶裝麥茶分杯。「抱歉抱歉，今天不知道爲啥睡得很死，整個沒聽到手機聲。」

「還以爲你死了。」高戴凡冷漠丟去一句。

「沒死，還活著。」謝逸昇也熟悉朋友這種講話不好聽的態度，很隨意地回一句，接著隨手拉了張椅子坐下，轉向黃庭珊開口：「房子我是覺得沒問題，其他人就不太清楚……我比較窮啦，所以沒有要強制驅離我的話，還是住這邊ＯＫ。」

「說起來爲什麼謝學長完全沒有影響呢？」林致淵看著開朗的學長，試圖尋找他身上有什麼運勢好的痕跡。

「可能是因爲我阿嬤的關係吧。」謝逸昇很認眞地回答。

「你阿嬤在天之靈的保佑嗎？」虞因很好奇。

「靠夭啊！我阿嬤還活著！」謝逸昇一拍桌，然後才想起這是學長，趕緊打哈哈改口：「我來台中讀書時我阿嬤一直說這裡太先進了，可能會遇到很多壞人，所以給我很多符和經書，要我擺在房間裡，遇到壞事就拿出來擋一擋。你看，阿嬤還幫我求這個。」說著，他就從衣領裡掏出條紅繩，最下面連結了一塊紅色的平安符香包和一個拇指大的觀音牌像。

「……」

「……」

幾個人無言了一陣子。

您沒有被任何東西找上是因爲加強版的經書符咒神像一條龍嗎？

虞因抹了把額頭，認眞思考阿飄沒找上這人到底是不是這個因素。但那晚聚餐對方也在場，確實還是出現了「多出來的人」，並不像迴避他的樣子。

「對了，學長們如果想去看房間的話可以自己去，戴凡很熟，叫他帶你們看就好了。」感覺仲介好像有其他事情要說，謝逸昇將平安符塞回領子裡，把自己房間的鑰匙遞給要去拿器材的高戴凡。

「小淵你狀況還行吧？」阿方看著臉色仍有點不好的學弟。雖說既然來了，走一趟看看裡面也好，不過如果學弟狀態不好，還是以先送醫為主。

「可以，止痛藥有用。」林致淵揉揉肩膀，痛感已沒有剛剛那麼劇烈，便率先起身。

「那都跟我過來吧。」高戴凡看了幾人一眼，對於友人把自己丟出去當嚮導倒也沒什麼意見，拎著鑰匙就在前面開路，帶領一行人前往二樓。

踏上二樓時，不知道是這裡的隔音做得好或是其他因素，基本上已聽不見樓下的交談，顯得安靜。

「聽說學弟是因為一太才來讀我們學校？」跟在後面，阿方冷不防開口問道。

高戴凡回過頭，彎起淡淡的笑容，並不否認對方的問話：「是的，我以前有朋友在車隊，聽過一些關於一太學長的事蹟，有點羨慕學長們的自由奔放，可惜進校時太晚了，來不及認識，但現在應該也不算太遲。」

「原來如此。」阿方也回以一笑，對方的回答是很禮貌性的標準答覆，聽不出有什麼意圖，只能把話帶給一太讓他自行判斷。

「哎，不過阿方學長經常和一太學長行動呢，現在創業也一起，戴凡學長下回不要找錯人，畢竟我才是比較不熟的那個。」林致淵有點打趣地說著。

走在後面的虞因覺得前面三人彷彿在進行什麼看不見的交鋒，決定當個安靜的美男子，一旁的事是根本懶得攪和進去，唧都不唧一聲。

「這間就是第二段故事裡面，原本那位學長的租房了。」沒有回應林致淵的話語，高戴凡停在二樓左側的房門前，適時改變話題，轉而介紹緊閉的房間。

幾乎同時，小小的走廊燈閃爍了下，幾個人下意識抬頭，照明即刻恢復正常。

下秒那房間突然發出細微聲響，照理來說無人承租且緊鎖的房門突然輕輕打開一條縫，露出黑暗的牙口，似乎在無聲地邀請獵物。

虞因覺得一身寒毛都豎起，從那道黑色縫隙裡傳來低低的哭泣聲，但旁邊幾人似乎都沒有聽到，只面面相覷，最後高戴凡突然伸出手推開門扉，嘎的一聲，黑暗完全向他們敞開。

早已無人居住的空間只留下基本套房家具，日光燈被開啟後照出了裡頭的擺設。一套組合式簡易衣櫥，一張功能性雙層床，上面是床鋪、下面是書桌椅與小書櫃。有意思的是，這張雙層床是用角鋼訂製的，耐重度看上去很強，旁邊還留了擺放物件的床邊櫃空間。

因爲床與書桌椅合併一起，所以套房留出的空間不小，大約還可以放上一組懶骨頭和小餐桌，算得上舒適。牆上的水藍色壁紙則有些褪色泛黃與部分污痕，大概是多年前貼好後就沒怎麼更換，以至於看起來很舊，不知道是室內的光或是過往打開窗簾單邊日照的問題，有面牆的顏色比較深，另一面則顯得較淺，不仔細看還不會發現。

乍看之下，就是最普通不過的空房，沒什麼怪異之處。

「我們去逸昇房間吧。」高戴凡關掉電源，順手帶上門。

從頭到尾都盯著房內並聽到細細哭聲的虞因看著黑暗中，一雙腳從上方落下，在空中緩緩擺動著，最後被隔於房門後。

□

謝逸昇的房間沒什麼特殊好看的地方，就和一般大學生差不多，單身亂，該丟的丟，書桌放了不少雜物，筆電是休眠狀態，地上還有幾件沒處理的髒衣服。

林致淵看著沒收拾好的泡麵碗，很想把空碗拿去沖洗放到回收袋……在宿舍被那些學長學弟們搞得他都快有隨手整理垃圾的反射動作了。

高戴凡取回自己的器材後，一行人沒有多留，各自離開。

阿方當時是從工作室搭聿的便車過來，回程時拎上同樣搭便車來的林致淵，正好差不多把車坐滿。

「仲介知道第二段故事裡面真的有人死亡。」車行一段路後，林致淵主動開口，稍微描述了他們在咖啡店的對話，說道：「當時我問她『自那位房客死後』，她並沒有否認。不過普遍流傳的鬼故事裡，那對情侶學長姊其實是失蹤的，她卻默認死亡，這表示當年房子裡真的有發生案件。」

「可能死的是女孩子。」坐在副駕駛座的虞因按著額頭，他現在鼻子有點癢癢的，還好沒有當著學弟的面噴鼻血。「我在那個房間裡看見一雙腳，是女生的腿部。」在黑暗中落下的雙腿不屬於男性，而是年輕女性，正好和房裡的哭聲可以對得上。

可以確定的是，那個女孩與他看見的黑影有區別，不是同一組東西，來時看到的黑影有種無法形容的惡意，似乎想把進入的人全都拆皮啃骨、讓他不得好死，那雙腿卻沒有。

「等等，一太打電話過來。」阿方打斷情報交換，將手機開擴音，讓車內四人可以聽見。

一太也沒有廢話，開門見山說：「我取得了第二段故事的案件資料，找到關於當時女學生的相關背景。」

「女生死在租屋裡嗎。」虞因無奈地問。雖然說是問，不過他已經有點肯定句了。

「嗯，當年男生退房失蹤沒多久，他的女友被發現在租屋裡上吊，怪異的是男生失蹤後員警來詢問先前其他房客，也檢查過房間，並沒有異常，之後過了一週出現臭味，有路人報警，這才發現女生死在屋內。」一太不疾不徐地回應：「當時檢查沒有外力或凶殺的跡象，檢調結果是以女生自盡結案。但女生有個朋友似乎不接受這個結果，一直認為她是被男方殺害的，至今還在尋找男生的下落。聽見我們在查找當年舊案時，立刻聯絡我們的人，把相關資料發過來了。」

說著，虞因和林致淵也同時收到檔案，第一張就是相片，清秀的長髮女孩對著鏡頭微笑著，有點桃花眼的明媚雙眸讓人印象深刻。

「奇怪，既然朋友在找，怎麼鬼故事裡沒有說到女生自殺的事情？」虞因有點疑惑，這種案子搭配原本就是凶宅的傳說，通常更會被傳得繪聲繪影才對，這一段竟然消失了。

「男生方面，家庭背景不錯，有點後台，當年和仲介方一起蓋下新聞和網路謠傳，所以這件事情連見報都沒有，加上女生是孤兒，來收屍的是育幼院和學校的朋友，對結案沒辦法有太多意見。」

聽到這邊，虞因大概明白為什麼鬼故事裡沒有明確地說有人死，但還是有部分謠傳出男友殺害女友逃之夭夭的事，看來應該是那位「好友」傳出來的，不過勢單力薄，最終演變爲附帶的謠傳，然後被人遺忘。

手上所得的資料是那位朋友提供，其實也貧乏得可憐，只寫上女孩當年就讀的學校科系和一些基本資料、興趣，眞正的家庭背景是沒有的，雙親在女孩幼兒時期車禍雙亡，沒有親戚願意照顧，被送入育幼院成長，所以身邊圍繞的僅有育幼院一起長大的朋友與學校認識的同窗。

生前沒有血親關懷，死後親戚也不在意，甚至有著血緣的人們沒一個出面收屍，就這樣孤伶伶地連鬼故事裡都沒有位置，某方面來說，還是有點讓人唏噓。

「另外趙銘與張建昌剛剛清醒了，現在意識正常，不過我是建議暫時不要去探望他們爲佳。」一太停頓了數秒，再次說道：「阿因你們那邊方便這幾天收留一下小淵嗎？」

「一太學長？」林致淵突然被點名，滿臉不解。「我宿舍……」

「舍長的事，我會聯絡你們宿舍處理，校內的事務也會幫你辦好，你受傷不輕本來就應該先靜養。」一太語氣變得稍微有點強硬，並不打算讓學弟反駁他的意見。接著又恢復原先的語氣，再次詢問：「阿因方便嗎？雖然寄放阿方那邊也可以，不過我覺得放你們那裡會安全一些，而且小海或阿方也不一定都會在家。」

「是可以，在我家有吃有喝比較好照顧，受傷還在宿舍裡煩心那些工作也會很累吧。」虞因想想，取得聿的同意後，回過頭看著好像有點爲難的林致淵：「你如果不介意的話，就過來休養吧。」他家以前原本比較大的客房讓聿住了，爲了讓其他借宿的人不至於得打地鋪，後來大爸把一樓原本堆雜物的小房間清乾淨，改成小客房，東風來的時候會睡那裡，不過有客人的話會讓東風改睡他房間，他和聿擠一下，或是去他大爸、二爸的房間睡也行。

「……那就麻煩學長了。」林致淵露出苦笑，只能點頭同意。

「他是？」

送走阿方，又把學弟拽去醫院複診，忙碌一天終於回到家的虞因一開門，就聽見東風的疑惑聲音：「有點眼熟，案件關係人對吧。」他在自己相關的卷宗上看過照片，瞬間記起與照片成組的人名與背景。

「他是之前……」猛地想起東風還有很多事情都不記得，虞因連忙改口：「對，案件關係人，你們以前有交集，不過不算深。因爲受傷，家人又不在，會來住幾天。」

「嗨，學長。」林致淵看見對方還是有點高興的，畢竟他稍微顏控，相當喜歡欣賞漂亮的人事物。不過他知道東風的狀況，所以重新介紹了自己，但並沒有過於深入，正好是一般交際的初識程度。

東風看著男孩，遲疑了一會兒，沒特別想起什麼，覺得就是虞家慣常撿拾受傷小動物和人類回來的舉動，於是抱著手上的文件夾走開了。

這時間原本該下班的虞佟和虞夏似乎慣例加班，還沒到家。

聿逕自走去廚房開始準備晚餐。

趁著空檔，虞因領著林致淵到小客房，簡單說明一家人的作息，順便放下繞路回宿舍整理的行李和盥洗包，然後更換了寢具，兩人才重新回到客廳。這時廚房已飄出香氣，整個空間充滿溫度。

「抱歉要打擾學長們了。」林致淵再次表示自己的歉意，他本來真的不想麻煩到他們。雖然這麼說，不過拖著受傷的肩膀和連帶不太能用的手臂與一身傷，他還是有點慶幸能夠借住，畢竟受傷時特別容易感受到關懷和溫暖，那種心境和平常不太相同。

「不用客氣，我家還滿常有人借住。」已經習慣訪客來來去去，虞因爽快地笑了笑。

「我剛剛把備用的平安符拿出來在房間桌上了，如果晚上你不放心，就放在身上睡。」思考著對方今天也差點跳樓，很可能那些東西不死心會跟來，雖然一路上自己沒看見，但根據經驗，完全不能鬆懈。

不過他家應該是沒什麼條件好跳啦，低樓層，而且學弟睡一樓，怎樣跳也不會死。

「好的。」林致淵乖巧地點點頭。瞄到東風正在看一些鬼故事資料，全是網路上和那棟凶宅有關的，應該是在幫他們過濾情報，他好奇地靠過去，和對方有一搭沒一搭地聊起來。

東風雖然有點不耐煩，不過林致淵煞有其事的分析倒也頗有道理，就讓他幫忙翻看起那些都市謠傳。

沒多久，聿端出一鍋魚肉粥和幾樣蔬菜，幾個人靠過去分食。在桌邊聊起那些五花八門的鬼故事與剛剛車上一太告訴他們的第二個自殺案件。

「檢方的驗屍報告可能得問問嚴大哥他們有沒有辦法看到了。」虞因從一太那邊得到的訊息並沒有屍檢結果，畢竟不是相關人員，可以得知的原本就不多，被殺一事也只是臆測。

「其實不用特地去要。」將被盛入過多的魚肉挑出一半放到聿的碗裡，東風慢慢吃著。

「按照當時警方和仲介的理解，可以確定是自殺，屍體沒有可疑才被結案。」

「可是案件被壓下來，沒有曝光。」虞因覺得這個就有點奇妙。

「我只說屍體應該是自殺這部分沒有問題，但為什麼自殺，才是要查的方向。」東風說道：「他們在意的是不讓案件見報，但沒有在死法上面動手腳——阿因也看見是掛在上面的，所以可以知道當時相關人們在意的是『曝光』，而不是死法。有血緣那些親戚沒有異議、連出面都沒有，他們想要盡快處理掉、不干己事，房東與仲介的立場應是不想房子更難租出，男方家人的態度應該是為了保護兒子，不希望讓他間接揹負人命，又或者有其他隱情……交往時會發生的問題其實不脫那幾個，很可能是怕吵架之後女生就自殺，會招來閒言閒語。」

「不過男方失蹤也有點讓人覺得不對勁。」林致淵拿著湯匙進食，發現聿把魚塊切成湯匙大小，很方便一口一塊，他興高采烈地吃了不少，畢竟眞的很美味鮮嫩。「男生那邊還沒有接觸到家屬，不知道是眞失蹤還是假失蹤，謠傳總是失眞，搞不好事實上他現在是位上班族，早就遺忘了當時的事情。」

就像眼前虞學長被誇張編造的各種傳說一樣，其實大部分謠言都是三人成虎。如果男方根本沒有出事，現在也早就是個打滾多年的社會人士了。這麼一來，家屬應該就更不會和他們接觸，巴不得早點甩掉並遺忘當年的事故。

「還有最早滅門的那家……」虞因有點不太想去回憶滿懷惡意的黑影，那棟房子好像被詛咒般出了兩件命案，第二件是女學生，已知是掛在房間裡，那麼跟隨著其他人的，應該就是第一件滅門案的那些死者。

算一算，當年唯一倖存者應該也差不多三十出頭了吧。

□

飯後林致淵先回到臨時借用的房間。

環顧收拾整齊的空間一圈，其實不是很大，但也不至於小到讓人感到壓迫，他淡淡微笑，走到窗台邊打開窗戶，單手取出手機撥號，另端很快接通。

「哥啊？嗯……我人很好，只是一點小傷。喔對，我這兩天會借住虞學長家……嘿對，就是那時候的虞因學長，所以你不用擔心，也別跟爸媽說，沒什麼大事。」手機那端立刻傳來對方的關心話語，林致淵帶著笑容安靜聆聽，過了一會兒才繼續說道：「拜託你幫我查的事情……對，當年兩名失蹤學生，確認女生是死了沒有錯，男生行蹤不明，我猜他的朋友應該多少會有消息。嗯嗯……一太學長他們知道……我沒有裝傻啦，學長們應該是不想要我太危險，我會看狀況保護他們，不會把事情都丟給學長們。」

夾著手機，林致淵騰出完好的那隻手到桌邊拿筆與紙張，將自家兄長告知的號碼、名字快速抄下來。

剛寫完沒多久，房門突然被敲響，他先和手機那端的家人道晚安、結束通話，才去開門，門外站著的是剛剛通聯中還提到的人。

「我爸幫我們查到第一起案件的舊新聞和當年的一些資料了，你要來看嗎？」虞因看著好像還沒有打算休息的學弟，本來想著不知道今天差點跳樓的事情會不會對他造成影響，要不要陪他聊幾句，不過看對方神色自若，似乎沒留下陰影，可能就不需要他多事了。現在年輕人的心靈搞不好超乎意料之外地強大……

「好，我剛剛也請人查到第二案件的男生同學了，是當年和他走比較近的好朋友。」林致淵連忙走出房間，順手將門帶上。「和對方約了明天可以聯絡他。」

兩人一起重回客廳，剛下班到家的虞佟在桌邊抬起頭，有些無奈地看著他們。

「苦主是他。」虞因連忙指向身邊的學弟，表示這次不干他的事。

回家前就知道這件事情，虞佟同樣記得當時舒家的案子與眼前的關係人，只是沒想到對方會捲入這種舊案，還是以匪夷所思的方式。八名大學生發生車禍時他就有點頭疼，隱隱感覺自家小孩大概又會去蹚渾水，沒想到這次還換人了。

聿從廚房走出來，把端著的鍋燒麵放到虞佟手邊，接著替其他人上了水果鬆餅作爲宵夜甜點。

「警方檔案不能讓你們看，不過案發那年被壓下的新聞報導和照片在這邊。」虞佟打開自己的平板，把已公開的資訊放在四個小孩面前。「和你們傳來的鬼故事其實大部分一致。那幢老屋原本住的就是一家四口，四十三歲的陳炅彬，其父七十二歲的陳金晃，六十八歲的母親王美瑛，以及十五歲的陳歆。」

「原本陳炅彬在外地工作，結識了比他年紀小很多的女友且論及婚嫁，亦帶回家好幾次、也見過父母，但隨後原因不明地分手。女友當時已經懷孕，陳炅彬把嬰兒帶回家，女友並沒有跟著回去，而是拋下小孩直接走人，女友姓名不詳，鄰居也都沒有聽過這戶人家提起名字。」

「按照傳說裡的說法，陳炅彬之後就在家裡沒有工作了。」林致淵看著照片，不知道是不是因爲已經知道了案件，雖然眼前是一張很普通的三代同堂家庭照，但四個人的臉色都有種說不出的詭異陰森。

那張照片據說是唯一一張四人合照，背景就是那棟房子，當時的嬰兒差不多成長到了六、七歲的年紀，頭髮削短的孩子臉上沒有笑容，與其說沒有表情，不如說是整張臉空洞、像個假娃娃一樣，剝離了這年紀該有的情感，所以給觀者不適的感覺，另外三人也沒什麼微笑，就像這張照片是被強迫拍下的一樣。

從照片上可以看見當年的陳炅彬狀態已經不是很好，略微駝背且不修邊幅，一臉鬍碴亂糟糟地長著，衣服上也有幾處髒污，兩位老人家相比之下乾淨許多，也較爲正常。

「從當年鄰居和陳家親戚口中得知，陳家兩老年輕時家境不錯，陳老先生分家時拿到一筆錢，後來又與其叔叔合作包攬過一陣子的辦桌場，所以賺了不少，陳家老宅就是在那時候買入，在那年代這種房子稱得上是豪宅，可見他們的口袋深度。」

「而陳旻彬年輕時就離家北上求職，後來原因不明辭職返家，確實沒有再找正式的工作，偶爾會去工地打零工，得來的錢全都花用在買酒與賭博上，小孩的學費靠申請單親減免和補助，與兩老的退休金湊成，一家人感情並不好，鄰居偶爾會看到小孩陪著爺爺說話，但和父親、奶奶的接觸很少，幾乎沒什麼交流。」

虞佟指引幾個小孩看那些被壓下的媒體報導，然後回憶今天看過的卷宗檔案。當年也算是大案子了，媒體把能採訪的周遭鄰居和親戚朋友全挖了個底朝天，其中當然也有不少八卦流言不足以採信的部分。「陳旻彬這人其實有點問題……這先跳過，事發當日，根據鄰居們的說詞，案發前他與父母爭執得很厲害，內容卻不是因爲討錢，一開始有人聽見『現在變成這樣，都是你們逼的，我連你們一起送下去』之類的吼叫。」

「據說陳旻彬即使喝得爛醉也不會騷擾鄰里，幾乎都只和父母爭執，偶爾聽到打小孩的聲音，討錢倒是其次，似乎他帶著小孩回來後父母就限制他的生活範圍，經常逼問他每天的去處，不允許他去太遠的地方。那天吵得非常凶，隨後就聽見陳旻彬在家中翻箱倒櫃，要拿取父母手上現金的動靜，沒多久就發生憾事。」虞佟翻過當時比較詳細的報導，「他在拿取錢財後，父親因爲氣不過拿了掃把追打他，沒想到陳旻彬直接掄拳痛毆父親，把老邁的父親打倒在地後抄起椅子活活將人砸死，接著追上跑到門口求救的母親，重撞了幾次牆面再把無力抵抗的母親拖回客廳，在父親的屍體旁邊，搬下兩老平時供奉的木雕神像砸在母親的頭部，致使當場死亡。」

「當時鄰居聽見慘叫聲一度想來關心狀況，被陳炅彬隔著門轟回去，要他們不要多管閒事，反鎖了大門，把自己和屍體關在一室，鄰居們習慣了陳家三天兩頭砸家具吵鬧，竟然就眞的相信他的說詞返回家中。沒多久十五歲的陳歆返家，因打不開大門，便從屋後的窗戶爬進，才發現兩位老人家死亡……後來根據陳歆的描述，當下撞見爺爺、奶奶慘死，第一反應是要退出去報警，只是渾身是血的父親一看見他就追上，喊叫著要他一起去死，爲了求生他努力想掙脫父親，陳炅彬甚至砸斷了陳歆的腿，陳歆好不容易才掙扎爬到二樓，兩人在樓梯口扭打之際，拿了菜刀要殺害親子的陳炅彬重心不穩摔落樓梯底下，也一起滾下去的陳歆回過神來時，他手上已經握著菜刀，旁邊是沒有氣息的父親，因爲陳歆傷重很快陷入昏迷，直到鄰居越想越不對，意識到大事不妙而報警，警察來時小孩已奄奄一息，其餘人都死了。」

「陳炅彬頭部有數道刀痕，最開始致死的那一刀，後來警方判斷應該是陳炅彬自己摔下樓時，拿著的菜刀在各種剛好之下砍進頭部，尾隨下來確認的陳歆才在極度驚恐、害怕被父親殺害的狀況下，無意識地拿起菜刀補刀。」

雖然已經知道鬼故事和網路上曝光的新聞而有心理準備，不過幾個人在聽過虞佟的轉述後，還是對於當年的慘案感到毛骨悚然。

「唉……我眞的覺得這種案子不管聽幾次都很可怕。」虞因抹了把臉，下意識地看向聿和東風，兩個小的各自若有所思的樣子。

「確實，不知道要有多大的恨意才會以這種方式爆發。」林致淵環著手，盯著那張四人照片。他雖然沒有經歷過什麼過於可怕的事，不過自己哥哥當年遇到那樣的事件，多少還是能感同身受。

「陳炅彬有什麼問題？」聿開口，詢問剛剛被跳過的部分。

「當年陳炅彬的女友丟下孩子後失蹤，陳歆倖存下來時，警方曾搜索過母親，可是姓名不詳也沒有留下照片，鄰居們只在路上見過一、兩次，記不清楚樣子，直到回追陳炅彬原本的工作地點，才得知該名女子是用假身分違法打工，兩人分手後女子行蹤成謎，同事們只知道女子懷胎時和陳炅彬吵得很厲害，女子堅持要陳炅彬回老家辦婚禮，陳炅彬不願回家；孩子生下後女子就不告而別，再也沒人見過她。警方根據同事們的口述繪製人像，至今依然沒有找到符合身分的人。」

虞佟覺得比較有意思的是這位母親，這起驚動社會的案件鬧得很大，媒體也刊了母親的畫像好幾天，結果就連個親戚朋友都無人指認身分，不知道是刻意而爲，還是她眞的無親無友，活在極爲偏僻、不受到他人關注，也不會被認出的地方。

「一家人都很怪異啊。」虞因搖搖頭，看著手邊的鬆餅宵夜，突然覺得自己家眞溫暖幸福。不知道已經第幾次看到這種天倫夢碎、人生破滅的可悲案件；每次他都還是同樣結論，幸好他身邊的家人朋友都好好的，這輩子最大的幸運就是生在這個地方，身邊有這些人吧。

「話說回來，都已經是十五年前的事情，那房子雖說有靈異事件，但大多都是偏驚悚嚇人而已，很少聽到租客受實質傷害，爲什麼這次會這麼奇怪呢？」林致淵對這點很不解，租屋傳了不少恐怖故事，不論是有哭聲、爭執，或看到影子，但他實際請兄長幫他詢問認識的老師們是否有發生過命案，回答的卻是除了第二案件以外，幾乎沒有傷害事件，大部分受傷還都是驚嚇的學生們逃離房屋時不小心摔傷居多。

也就是說，繪聲繪影的鬼屋眞實傷害人的詭異事件扣掉第二起命案，就是現在他們遭遇的進行式。

「該不會眞的是筆仙引出來的吧……不應該啊。」虞因聽著學弟提出的疑惑，同樣感到怪怪的。根據以往大部分慣例，除去幾件特殊狀況，他遇到的凶阿飄之所以會很凶，是因爲枉死戾氣太重，仇恨未解、眞相未明才會被激怒，或者被埋多年好不容易看到個人緊急纏上找傳聲筒幫挖，但是這房子沉寂這麼多年，現在爆發害人是爲什麼？

難道眞叫它們出來拍照它們就服務很好地現身營業嗎？

如果眞的是因爲玩筆仙沒禮貌讓阿飄大暴怒，他會想去掐死幾個智障學弟。

□

當晚林致淵作了詭異的夢。

可能是睡前聽了殘忍血腥的案件，閉上眼入睡沒多久，他就發現自己站在那棟房子前，還很清楚知道這是夢。

夢裡的房屋靜靜地矗立在黑暗裡，背景是深黑的天色，沒有月亮也沒有星星，附近街道該有的路燈並未被打開，能讓他看清屋子外貌的唯一光源是掉落在地上、打開了手電筒的手機。異常明亮的手機燈光詭異地將屋外映得清清楚楚，他也順其自然撿起手機，正面照向屋體。被不合理強光映亮的大門咿啞一聲緩緩打開，像是在邀請他。

雖然知道是夢，但林致淵察覺自己沒辦法醒來，彷彿身陷在夢境，有一絲意識可以感覺到躺在小客房裡緊繃的身體，以及自己努力想要睜開眼睛的掙扎，但他還是在作夢，有種精神被獨立抽出身體，硬是安置在這個空間般的奇異分離感。

這算是某種鬼壓床嗎？

無法醒來也意味沒辦法求助其他人，林致淵在夢裡苦笑了下，只能順從無形的推手，小心翼翼地步入迎接他的大門。

前一次來這房子就是白天找謝逸昇那次，當時他記下了屋內的格局，這是屬於早期低樓層大坪數的老房，約莫六十多坪，有前後院，圍牆比起現在的別墅來說略矮，很簡單就能翻越的那種。大門打開後是大廳，有一套桌椅，後面有小衛浴和廚房，另外是個現在已經成爲雜物間的小房間，二樓則是分割成四間小套房，除了主臥有套房廁所外，其他三間是共用走廊的衛浴，被傳失蹤的男學生當時租的就是主臥。

但與記憶裡的擺設不同，眼前的屋內大廳呈現了「家庭」居住的模樣，有著神明桌，一張較矮的大理石桌與一座茶几，旁邊幾張木製椅與一組沙發，可以看得出來這家早年應該有不少訪客，後面廚房不知道在燉煮什麼，能聽見鍋內沸騰的聲響。

屋裡沒有任何人，即使好像方才還有人在這裡，茶几上的茶水甚至是斟滿的。

鍋內的液體已經開始大滾濺出，噴濺在瓦斯爐上發出不斷的滋滋聲，急迫地求助著。

林致淵走到廚房關火，瓦斯爐是很老舊的型，上面還有不少經年累月留下的污垢，接著他猛地注意到廚房旁邊地上竟然全是鍋子與水桶，每個都裝滿某種液體，大大小小約有十多個，屋內燈光很暗，看不出裡面有什麼，稍微能嗅到相當淺淡的腥臭味，不是很明顯。

鬼使神差地，他伸手打開了瓦斯爐上的鍋蓋，關去火力後鍋裡的煮食因高溫餘熱仍小波動翻滾著，他就這樣看著一小片指甲隨煮熟的碎肉一起被肉汁送上水面，不到一秒又沉下。

「……」林致淵當場手一抖差點把鍋蓋摔出去，內心在驚駭過後掙扎著要不要將鍋內的東西倒出來看看，即使在作夢，理智也很清楚意識到那是人類的指甲。他有點被動地看往地上那些鍋或桶，早已化爲濃稠深黑的液體中有的浮出了半塊小動物破碎的頭顱，有的則是出現人類手指般的輪廓，甚至隱隱可以看見頭髮。

屋內還是無人。

他戰戰兢兢地從廚房退出，回到客廳時看見供奉在神明桌的木製雕像上全都是鮮血，有些碎肉沾黏在神像臉上，帶著花白的捲曲髮絲。

爲什麼是神像？

第一個故事裡，林致淵對於特地搬下沉重神像砸死母親這件事有點不解。晚間大家一起聚在桌邊討論時，東風也提出過這一點，漂亮學長的意思是那是憤怒的轉移，因爲母親是虔誠的信徒，鄰居親友都證明母親天天誦經唸佛，陳旻彬的做法有對死者洩憤諷刺的意味。

把視線從神像移開，他無意識地邁開腳步，連自己都不明白爲什麼要往樓上走。二樓的格局與早先見過的也不同，這時的二樓還沒隔成出租房，是兩室一廳的模樣。兩間房門敞開，能看得出來主臥是兩老住的，老舊的床櫃有股萬金油或痠痛膏之類藥物的氣味飄出來，旁邊的次臥則有著書桌椅與書櫃和課本，很明顯可知住在裡面的是學生，次臥的位置也就是現在謝逸昇承租的空間。

這麼一來，樓下的房間應該就是當時兩老兒子住的地方。

林致淵沒有踏進去，只是安靜地看著兩個房間，不久，主臥上方緩慢地降下一圈繩子。並非傳統概念裡的麻繩，而是亮藍色的登山繩，底部已經被打了一個繩結繞出空圈，蠱惑來者將頸子套進去般微微地晃動著。

當然不可能順從所謂不明的慾望就眞的把腦袋套進去，他只是看看，然後往後退開，那房間便自己很識時務地關上了，莫名給他種好像遇到捕蠅草的感覺。

這瞬間，他猛地睜開眼睛「醒來」。

自夢裡切換回現實非常突然，有刹那他呆滯著不知道身在何方，映入眼裡的是小夜燈照亮的陌生房間，接著才想起這晚寄宿在別人家裡的事情。

林致淵吐了口氣，起身打開房間燈，並沒有察覺房內有什麼異常，此時手機上顯示的是清晨四點五十分。

要不要睡回籠覺呢？

他睡意全消、思索著清晰無比的「夢境」，握著手機發呆一會兒，驀然聽見外頭有點動靜，即使對方小心翼翼不引起太大聲音，但打開廚房照明開關的聲響仍細微地透過牆壁傳來。

想想還是出去看一下，如果是小偷就不好了。

不過在他無聲推開房門，看見廚房的身影後就放下警戒，似笑非笑地對著蹲在冰箱前、好像在偷東西吃的背影開口。

「虞學長，好早啊。」

虞因被身後突然發出的聲音嚇了一大跳，差點把手上的杯子掉在地上，好不容易接住落空的水杯，才轉頭看向後方的大男孩。

「哇靠，嚇死人，你走路可以不要像聿或二爸他們一樣沒聲音嗎。」這時間點真的會被嚇到靈魂用噴的噴出去。

「抱歉抱歉，習慣了。」林致淵不怎麼有歉意地說：「我聽到聲音，所以出來看看。」

「……？你這時間還沒睡覺？」虞因自認動作夠輕了，連警覺性很強的聿和他大爸都沒有清醒，只能說他學弟應該是沒睡才會這麼快就反應到外面有人。

「剛醒不久。」見對方拿了罐果汁遞給自己，林致淵從善如流地單手接下，然後兩人一起移動到客廳：「學長怎麼也這麼早起？」

「呃……作了個惡夢就醒了。」虞因抓抓還沒整理、帶著各種飛翹的頭髮，有點不想回味鮮血淋漓的夢境。

「眞巧，我也是，可能認床。」說著，林致淵這時突然才發現對方身上的異狀。「學長你受傷了？」他盯著對方的額頭，在廚房時不知道爲什麼沒注意，現在那裡有一片非常明顯的紅痕，都有點凝血了。

「喔，沒事，晚點就好了，大概。」下意識按了按額頭上的瘀傷，虞因尷尬一笑，並沒有刻意解釋早十分鐘前其實狀態更差，他是等整個人都能動了才下樓找點喝的醒神，順便安撫還有點夢裡帶出來的驚魂未定，不然被一嘴血嗆醒什麼的在外人聽起來應該滿可怕的。

林致淵看出對方不太想講，神色也有點不對，就體貼地沒繼續往下提，乖巧地喝著手上的果汁。

又過了一會兒，平時全家最早醒來的聿踏著貓一樣的步伐出現在客廳口，淡漠的眼神掃視兩人一眼，在虞因腦袋上的傷停留幾秒，就扭頭去廚房準備全家早餐了。

「唉，這麼賢慧就是沒有女朋友，小淵如果在學校有發現好女生，記得介紹一下。」虞因聽著廚房輕巧的備餐動靜，感慨著。聿在準備早餐的聲響特別小，就是怕打擾到其他家人的休息，可惜這種貼心不是用在他未來的弟媳身上。

「學長先擔心自己吧。」林致淵不忍告訴對方在大學裡的都市傳說，他聽聞不少女同學都對眼前的學長充滿了愛與關懷——有點母性的愛，不是會戀愛的那種。

因爲屬於動物靈的那部分故事流傳演變成：爲了幫大家的小動物靈指引，於是學長常常當義工折自己的福報弄出一身傷，這讓女孩們更加感動了，原本還嚷嚷想要學長幫忙觀落陰的同學們自發性地集體自制不去找學長，希望學長可以好好地養回福報，才不用一天到晚進出醫院折壽。

沒有聽出對方言語中蘊含的深意，虞因只以爲這學弟和聿他們一樣在嗆自己也是單身，於是整個悲憤了。

沒多久，聿端來三份早餐，是煎得蓬鬆的鬆餅配有一鹹一甜兩種醬料，加上一盤四格擺盤優美的配菜，有被切成正方形的烘蛋、水煮雞肉、煎鮭魚和綠色蔬菜；接著再端上簡單的魚湯和豆漿、瘦肉粥。給林致淵的那份同樣特別處理過，菜色都處理成好幾個一口分量的大小堆疊，鬆餅也都先預烤好分割，可以用叉子或湯匙簡單舀起。

經常吃宿舍口味普通早餐的林致淵哇了聲，有點崇拜地看著聿。以前在家時他媽媽也沒

有準備這麼豐富，有時一忙都是讓他領錢吃早餐店。

「聿不知道你喜歡吃什麼就多做了一點，別客氣啊。」虞因拍拍聿的肩膀表達感謝。其實平常只有他們自己的話，聿會直接準備幾樣大家愛吃的飯菜，今天多備了一些主要是學弟還帶傷，要讓他多養養身體。

「謝謝學長。」林致淵有禮貌地道過謝，拿起叉子享用起單手也可以吃得很舒服的美味早餐。

最快吃飽的聿在另外兩人睡醒下樓後也去準備他們的早餐。

虞佟第一眼就注意到兒子頭上的痕跡，微微皺了眉。

靠在沙發邊的東風依然在打瞌睡，看上去應該是又熬夜，手邊有一疊紙張。他仍不喜歡長時間用平板閱讀文件，大量時還是得印出來，可以一次同時看好幾份。

待所有人都吃飽，在客廳喝茶時，林致淵才打破早晨的寧靜，開口。

「其實我昨晚夢到一些奇怪的東西……」

虞因猛地轉過頭盯著學弟。

林致淵被看得有點怪異，不過在其餘幾人的注視下，依然將自己夢到的空間和那些詭譎的鍋桶仔細說明。

大廳內沒有人打斷他的話，全都很仔細聆聽他的敘述直到說完，這讓林致淵有點被尊重的感覺。他想了想繼續說：「雖然只是個夢，可是我總覺得很可能和房子有關聯，那些鍋桶太清晰了，我根本不曉得那房子原本的樣子，所以還要查證一下……」

「不，屋子原本格局擺設就是那樣。」虞佟嘆了口氣，取出平板，把當年命案發生後屋內的照片點出來。昨天因爲這孩子在，所以他不方便像以往一樣隨便自家小孩們翻閱檔案，不過現在的狀況似乎有必要核對現場。

林致淵看了一會兒當年案發後的現場照片，發現果然與自己夢境裡的擺設幾乎完全相同，就連那些木椅子的數量都一模一樣。即使是他也感受到無法描述的寒意爬滿背脊，傳來陣陣麻木與刺痛。

「呃……其實……」虞因看了看有點驚到的學弟，又看了看其餘三人，吞了吞口水，誠實招認：「我昨晚也夢到那個房子了，而且和學弟看見的差不多……只是我的是……有人的版本……」他不知道爲什麼學弟夢到的是空屋，總之他不但夢到完全一樣的格局擺設，甚至還夢到站在那裡、面無表情的老人們。

在夢裡他的頭整個很痛，好像被人拿棍子打在頭上，接著意識到時已經在屋內，同樣的神明桌，大理石桌和茶几，相同數量的木椅與一組沙發，坐在沙發的老人沒有血色的臉有點紫青，像屍體一樣，眼神渙散空洞，如同被抽乾靈魂的人形擺設。他看著暗紅色的血開始從老人腦袋上冒出來，直到把他整個人完全覆蓋，怵目驚心地散發出濃濃的血腥氣味。

他也不知道夢裡的自己爲啥不是奪門而出，反而是衝進後方廚房，看見一地的鍋和桶，老婦人站在瓦斯爐邊，火上是沸騰大滾的煮鍋，裡面濃稠的肉湯已經像是小噴泉一樣往四面八方噴濺，整個爐火都快被淹熄了。

地面上的各個鍋桶散發奇異惡臭，浸泡在裡面的各種物體不斷抽動著，讓人極度反胃。

接著老婦人關掉了爐火，沒有拿抹布或是隔熱手套，赤著手端起那鍋湯直接往虞因腳前一潑——被剁得碎碎的肉塊和骨頭在地面翻滾，參雜著兩、三片小指甲和熟透的指頭。

他被那堆無法言喻的恐怖肉塊驚得衝上二樓，看見主臥掛著一具人體，蒼白的長腿在空中慢慢晃動著，看不清面容的女性軀體無力地垂著四肢，排泄物散了一地，發出惡臭。

隨後有人往他腦袋一記重擊，他被夯倒在地上痛得不斷嗆咳抽搐，也就是這時候被嗆醒，醒來發現枕頭都是血，一鼻子嘴巴的血，全身痛到快癱瘓了，躺了十多分鐘力氣才恢復，先整理自己和換過衣服、枕套，才下樓去找點喝的，這才被林致淵嚇個正著。

爆血這件事情虞因當然是略過沒說，只告訴幾人夢境內容。

聽完後，一屋子的大大小小各自陷入沉思。如果說只有虞因夢到也就算了，他們都習慣且知道後面要幹什麼，但多加上一個林致淵，就得更愼重思考是否有其他涵義。

「你們確定鍋子裡是人嗎？」虞佟看著兩名當事人，認眞詢問：「當年現場並無其他異狀，後來負責的小組搜索後也確認是家庭累積的怨恨造成悲劇，如果有其他因素的話……那就得考慮別種可能性了。」

「對，我很確定。」林致淵點點頭，人和動物的軀塊他分得出來，雖然那些鍋桶裡面有動物，但存在人體也是夢中所見。

「確定。」虞因弱弱地跟著點頭，他看見的東西都快爬出來了，一想到還是超不舒服。

虞佟站起身，拍拍虞因的肩膀，走到一邊去傳訊息。無論如何，即使想私下探查也是得先和黎子泓打個招呼，順便問問能否從他們那邊調借到更多和當年相關的檔案。當時承辦的小組早就已經解散，多數人調派他地，負責的檢座也早退休了，幸而案子夠大，眞要聯絡到人還是可以的，就是要花點時間。

林致淵看著大人的背影，有點不好意思地轉向虞因：「學長眞的抱歉，本來想說不要牽連你們……」最一開始，他是想著如果眞的有需要再去找宗教人士，但馬上就被打臉，直接把不想捲入的人徹底捲進來。

「欸不用說抱歉，遲早的事情。」虞因一笑，很無奈地聳聳肩。按照這個發展，就算他本來不插手，那個陳關早晚也會盧到他去看看，所以去一趟只是時間的問題，況且……

微微抬起頭，虞因看著窗外，站在那裡的黑影原本注視著林致淵，猛地就轉來與他對上視線，再次衝著他咧了笑，彷彿挑釁。

不管如何，他還是沒辦法眼睜睜看著認識的人出事啊。

「現在已知的阿飄有四個。」

虞因讓工作室休息一天，連同阿方和一太、林致淵，將幾個人拉成一個群組，等虞佟去警局後，直接開了線上群組視訊。

「陳家三口，上吊的女學生——賴霈雨。」一太在連線中說道：「根據她朋友所說，她是個相當文靜，性格頗陽光溫柔的女生，雖然是孤兒出身，不過思考正向積極，而且很聰明，做了不少報告都獲得教授相當好的評價。」

「我們後來又問了一些她當時的朋友，發現賴同學大一就開始和男友交往，據說高中時就認識了，但男生比較愛玩，長得也好看，所以一直不少學妹和女同學倒追，不過他那幾年都宣稱只愛賴同學，拒絕了女孩子的追求。」阿方把自己詢問的幾名當年女學生的口述整理簡化，放到共同記事本裡讓群組的幾人可以看。反正群組就虞因三兄弟和林致淵與他和一太兩人，都可以信任，沒啥好避諱。「賴同學的朋友圈有個傳聞，雖然交往的兩人是不同科系，但是她的朋友看過好幾次她在做非本科的報告。」

「她幫男朋友做功課？」虞因其實不太驚訝，畢竟大學裡這種代人做作業的事不罕見，甚至學生間都還流傳哪裡可以付錢換品質好的作業報告，連價目表都有，更別說相處得好的同學、男女朋友，再慘一點就是被小團體欺壓不敢聲張求救，只能被迫幫忙做大量作業的可憐蟲。

「對，我們用點管道拿到學校還有留存的雙方作業，看了一部分確定男生的作業水準參差不齊，很可能代做機率偏高。」阿方向群組發了幾個很大的壓縮檔，幾個人下載點開，全都是各式各樣的大學作業，甚至導師評分、評語都有。

現在科技進步了，更荒唐的是有人直接用網路機器人寫報告，他先前和大學時代的老師們偶爾聊天時，會聽到教授們抱怨收過狗屁不通的報告內容，一看就知道投機取巧，脾氣壞一點的教授就直接把人當掉。

聿和東風兩個縮到一邊去，各自分頭看起那些內容。

「有些參加競賽的作品有得獎。」林致淵粗看了一下，說：「部分幾件風格差異很大，如果這男生不是天賦異稟，就是人頭參加了。」他指向女孩的得獎紀錄。

「所以如果她不是自殺而是被殺，的確是有點動機，但她是自殺。」虞因想想，這倒也很可能是男方家屬要壓下新聞的原因之一。

「不是，有很多人。」聿突然開口。

「什麼？」阿方疑惑的聲音傳來。

東風抬起頭，看著旁邊的另外兩人：「你們沒發現嗎？不是只有一個人，幫這男的寫作業的，有好幾個人。」

「嗯？」虞因看著平板上被兩個小的快速分類的幾個文件資料。

「遣詞用字方式不同。」聿把先看完的幾篇差異點標示出來，「慣用語不一樣。」

「這邊是繪圖方式不同。」東風則是把一些附有圖解的報告拆分出來。「固定配色和線條粗細變化度有差異。」

跟著兩個小隻的指示，幾個人再分別看過那些被標出的問題點相互比對後，真的發現異狀。

「至少有五名以上的人各自幫他做過一段時間的作業，不過比賽的項目只有一個人。」聿無法第一時間看完所有檔案，只能先說自己粗略快速看過的部分。平常的報告比較雜還要花時間分析，但比賽的卻很輕易就可以判斷，因爲只有一人在操作……應該說兩人，原主人與槍手。「參加競賽的除了男生本人，大部分都是賴霈雨使用對方的名字，替他完成，得獎的也是她經手的居多。」

「說起來，這裡面似乎有幾個被簽約的大型獎項。」一太再度開口：「因爲得獎項目的關係，一些同學曾聽說男生在私下有被企業遞來橄欖枝，替他預留位子，畢業後可能會優先進入相當好的公司上班。」

「但是女生自己的比賽就很普通了。」虞因看著兩人的得獎經歷，發現只要是男生有參加的比賽，女生就沒參加或是參加的作品比較普通，女生自己的競賽就只有些學生小獎。他本身在學生時代也是很喜歡參加比賽的，所以知道比賽規模會決定獎金豐厚和某些知名度，一些必須簽約或有專利的大比賽就更不用說了，相對來說得更加專心準備這種重量級競賽……也難怪賴霈雨只能準備一份，即使傾盡心力，要打造兩份的確有點難，壓力還會大到爆錶。

「幫他寫作業的大部分都是女性。」聿研究了一會兒文件裡大量使用的各種辭彙後，補充道：「同年齡居多。」

「……意思就是說，其實他一邊拒絕愛慕他的女生追求，一邊又讓這些女生死心踏地地幫他寫作業，甚至讓女友拚盡全力幫他製作競賽？」虞因倒吸了口氣，覺得發現了某種眞相。

「渣男啊。」

林致淵感嘆出眾人的心聲。

聿和東風表示需要時間才能看完所有記錄，又埋首回去爬那些文字。

因爲他們看檔案速度和討論方式實在不是一般人能加入的，隨便插手還會打亂進度被白眼，所以虞因等人只能在這個時間做別的事情，例如拿林致淵的手機去打當年那名男生好友的電話。

爲了讓群組另外兩人和盯報告的兩人可以聽清楚，這通電話當然是開擴音。

第一次打時沒有人接聽，第二次大約響了四、五聲後被人接起。

「喂？」那端傳來成年男性有點沙啞低沉的聲音。

林致淵趕緊自我介紹了下，說明自己就是要詢問當年事件的人。

男人也沒有刁難，表示知道狀況。「有人打過招呼了，叫我黃哥就好，你們想問哪部分的事？」

「想知道當初您那位朋友——張譽銓的作業是不是都由其他人代勞？」林致淵想著剛剛幾人的討論，也不客氣地直接詢問。

「欸？你們已經發現啦？」黃哥聲音透出一絲意外：「知道這事情的不多，如果不是跟他夠熟，某次出去喝醉聽他講過一次，我都不清楚，那些女生被他對女朋友的深情樣子騙得可死了，連交往都沒有，還死死地幫他瞞住，心甘情願當免費義工。」

屋裡幾人互相看了眼，沒想到這麼簡單就確認推測。

「賴同學幫他做競賽的事情你也知道嗎？」林致淵再次詢問另一件事。

「這個不知道，需雨幫他做比賽？」黃哥這次真的詫異了：「張譽銓說比賽全都是他親手做的，有些講解還煞有其事，連理念都說得很清楚耶，不是他自己？」

「可能有很多都是賴同學。」

「幹，那他還好意思都說他自己，當時我們羨慕他一個比賽拿到二十萬，主辦公司找他談，又出了十萬買斷權利，賺死他了。」電話那邊又罵了句髒話，黃哥對於找槍手這事情露出了鄙夷的態度。「系主任還經常在學生面前要大家多請教張譽銓，把他捧得有夠高，在一堆企業公司前面說他好話，然後又深情有女友，他媽的多少女生就流口水這種的，每次有好處都他沾。」

林致淵又問了幾個問題，初步了解張譽銓這個人後，就因黃哥臨時有事情要出門，先結束通訊。

不過從黃哥口中可以得知，失蹤的那位男大生對外形象很好，除了認眞打工、有穩定女友，不隨便拈花惹草，作業報告分數很高，經常在學術競賽得獎，爲人也大方常常把獎金一部分拿來請同學，小圈子內很有人氣，相當受到歡迎。而他的女友則是性格比較內向，不太與男友一起參加聚會，唱歌吃飯很少出現，兄弟群只知道這個女孩子安安靜靜的，一整天的時間都窩在她的報告中，大家便認爲是他們系上功課繁重，沒有多想。

誰能想得到其實她負擔的是兩人份的作業與競賽呢。

甚至很可能爲了讓男友順利公開報告或上台解說，她還貼心地將自己的理念準備成一份講稿給對方，竟然令系上老師與比賽單位沒一個發現是代工。

「總之，就先試試看找到那個男生吧。」不管如何渣，人目前還是失蹤的，得找出來才能釐清上吊那位爲什麼還在那裡，以及有什麼不肯離開的緣由。虞因想想，說道：「另外我想再去一次那個租屋，確認點事情。」

稍早他們已經把兩個夢告知阿方等人，所以也不避諱地說出自己的想法。

「我去吧學長。」林致淵有點擔心地抬起頭。

「讓他去吧，不讓他去他也會莫名其妙地去。」一太倒不覺得可以攔住某人。應該說，即使他本人不去，總是有各種狀況讓他出現在那個地方，不如從一開始就隨便他好了。

「我一起。」聿的聲音從旁邊傳來。

「對了，小淵還有件事情要告訴你……你心裡要做點準備。」阿方有點猶豫，停了一會兒可能是要給學弟緩衝時間，接著才說道：「你記得你那晚和高戴凡離開醫院時遇到個奇怪的陌生人嗎？吸毒那個。」

「喔，記得。」雖然對方看不見，林致淵還是下意識點頭。其實他後來也請朋友私下查過那個人的身分，但只是個很平常的貨運司機，背景單純，並沒有可疑的地方，吸毒吸成那樣讓他感到很奇怪。不過有些人就是這樣，表面看上去很正常，私下卻有著極端的另一面。

「他前天晚上在院內過世了。」一直盯著人的阿方無奈地說：「那晚遇到你之後他陷入昏迷，之後再也沒醒過。」

林致淵愣了下，腦袋空白好幾秒，回過神來想說點什麼，只是喉嚨有點灼痛，這時竟然吐不出個字，對方衝著他說的那些話都還很清晰地刻在記憶裡，沒想到就這樣死了。

「他和這些事情都沒有關聯，背景與你們沒有任何交集，可能眞的只是剛好那晚碰見，你抽空去走走散心，不要想太多。」阿方察覺到學弟整個靜默下來，大約可以猜測得到對方的震驚，只能多安慰兩句：「急診室那種地方就是這樣，生生死死的事很多，可能擦身而過的傷病患下秒就走了。」

「……我沒事，有點意外而已。」林致淵快速調整自己的情緒，摸摸脖子上的繃帶笑了聲：「既然虞學長要去租屋，那麼我再去醫院走一趟好了，得回去換藥，還想看看張學長他們現在的狀況，以及那名叫作小牧的女生，還不知道她的身分呢。」昨晚睡前有收到張建昌的訊息，果然哭號了一頓他們的手機，兩位母親大概是覺得手機不保險，直接把手機連同記憶卡拿去燒了，現在他們只能用新手機，正在悲情地通知大家，還可憐兮兮地詢問其他人有沒有照片、影片的存檔，兩人好死不死都沒有備份。

當然是沒什麼人有的，因爲這兩位學長還沒來得及向大眾炫耀就空中飛人了。

「關於身分的話，我們倒是查到了。」

一太如是說。

□

「張牧茗，二十歲。」

林致淵看著手機上的名字，嘆了口氣：「原來是妳啊……」

原本他們只猜測這位「學妹」應該是高戴凡的迷妹才會莫名混進來，因爲一直找不到身分資料，所以正在頭痛著要怎麼聯絡家人。沒想到找到她的契機卻是一太他們在查張譽銓背景時，順便將這個女孩給查出來了。

張牧茗，張譽銓的妹妹，她哥失蹤那年她還小，經過了許多年，因緣巧合出現在他們面前，更巧的是還與另外七人一起出了車禍，摔車當下腦袋直接著地，傷勢頗重，現在還躺在醫院裡昏迷不醒。

「所以說，為什麼我得陪你來醫院啊。」皺著眉，走在旁邊的東風不滿地咕噥。從上公車開始他就很不滿，遇到公車色狼更不滿。

「嗯……我想應該是因為虞學長說他們不放心，要先陪我走一趟時，學長你說『囉哩叭唆，我陪他去總行吧，浪費時間』，這樣的關係吧。」林致淵露出不失禮貌的微笑。對方雖然失去許多記憶，不過性格還是沒太大變化，刀子嘴豆腐心。

東風被堵了這句，只好乖乖閉嘴。一路上各種對他投來的好奇視線讓他覺得很煩躁，下意識伸手壓低鴨舌帽，又把口罩拉開一點蓋好大半張臉。他就覺得奇怪，都遮成這樣了，那個公車色狼到底憑什麼在擁擠的車上針對他亂摸，他整個人是扁平的沒胸沒臀，是什麼地方會引起性衝動？現在當色狼的是眼都瞎了是吧？

走在一邊的林致淵見對方還有點忿忿的樣子感到滿有趣的，色狼都被他們扭送警局了，還這麼生氣啊。不過他也覺得滿奇怪就是，怎麼色狼會放著旁邊漂亮或帥的上班族不管，直

接就看上裏得緊緊的學長？雖然大家都戴著口罩，不過其實車上人不少，有更多選擇啊。

找個話題正想分散對方的火氣，林致淵猛地腳步一頓，訝異地看著院內眼熟的人，對方回過頭也剛好和他對上視線，想躲都躲不掉。

站在電梯前的高戴凡單手提著一袋水果，微微挑起眉看著來者，然後又把目光放到差不多只剩露出一雙眼睛的東風身上。「你朋友？」

「這位是我高中學長。」林致淵掛著營業用笑容，不慌不忙地走上前，擺出他也很意外的神情。「戴凡學長好巧，你也是來看趙學長他們嗎？」

「複診，順便看看。」高戴凡指指自己打石膏的位置，隨意瞥了眼手機時間。「不趕時間的話等等一起吃個午餐？」

「今天可能不太方便，我和朋友還有約。」林致淵打算要去張牧茗那邊看看狀況，一太他們確認了女孩身分的當下就已經通知家人過來認領，算算時間家人早該到達，或許可以藉此再打探一些張譽銓的事。另外張牧茗出現在那房子的原因，可能家人多少也知道。

「你可以和你朋友一起來，吃個午飯花不了多少時間，你們該不會要餓到晚上吧。」

高戴凡看了眼東風，顯然把對方默認爲林致淵「有約」的朋友。

「這……」

「吃快點就好了，樓下有附設餐廳。」東風適時地開口，打斷有點微妙僵持的氣氛。他看了眼高戴凡，說道：「不介意吧？我們還有很多事情，如果只是學校事情的聊天，你們可以等去學校時候再慢慢聊。」

「……也好，那等等附設餐廳吃個簡單午餐吧。」高戴凡淡淡地回答。

林致淵揉了揉太陽穴，覺得自己腦袋又有點痛起來。

複診結束便直接拜訪張建昌與趙銘兩人，他們的狀況果然好很多了，一見面就哭號他們被處理掉的手機，直到高戴凡把自己那天在現場與大家多少有互相分享的相片傳了一份給他們，才安慰了些許他們因手機死亡的心靈。

「小淵啊，眞的很對不起，我們也不知道爲什麼會對你做那種事情。」清醒後第一時間知道自己和趙銘攻擊了小舍長，張建昌就已經趕緊打電話道歉過一輪，後來得到新手機又再道歉一次。雖然學弟要他們別放在心上，他還是感到很愧疚，一點也沒有那時的記憶了，如果不是因爲在場的護理師有拍下混亂的場景，他們眞的會以爲是全部的人聯合起來開他們玩笑。現在又親眼見到對方脖子上一圈繃帶，想想學弟在宿舍那麼照顧大家，跳樓又豁出去接住自己，過意不去的心情像疊方塊一樣又多了好幾層。

「眞的不用放在心上啦。」林致淵倒是眞的沒打算追究這件事，他完全看得出來那並不是兩位學長有意識的動作，怎麼說都怪不到他們頭上。

「我和小賤賤商量好了，除了我媽她們要請阿方學長那頓，出院我們另外請你吃一頓大的，茹絲葵如何？剛好把你補一補。」趙銘雖然有點肉痛，他連女朋友都沒有帶去那麼高級的地方，可是想到人家那麼好心大半夜在醫院幫忙奔波，他們還把人壓在地上打，害人家傷上加傷，沒被告都算不錯了，這頓餐眞的得好好請。

「學長你們把錢留著以後帶老婆去吃吧。」林致淵好笑地搖頭。「我不太喜歡吃生的，而且那種高級餐廳要注意的事情很多，吃起來有點痛苦，還不如請我看電影吃雞排吧。」

「這……」趙銘遲疑了。

張建昌見狀立即拍拍學弟腦袋，點頭說：「不然我們下次約去可以躺著看電影的那種黃金廳吧！學長帶你去雞排一日遊。」

他知道對方的好意，應該說林致淵就是這樣的人，在宿舍時雖然立規定管大家，住宿生鬧得亂七八糟時他也會嚴格執行逮人做苦工，不管是不是學長都沒得減免，該拖整館地的照樣監視拖完，但是總會幫大家留一步路，不會將人吃死死；相反地還很貼心顧慮到不同人的背景和感覺，經常在各種狀況裡伸出援手，他們這些學長受到幫助要回饋請他，他就會用他比較喜歡在宿舍和大家一起吃鹹酥雞之類的態度，笑著婉拒那些大餐，爽快接受便宜的飲料零食，所以他們這些學長都把人當弟弟一樣看待，樂得讓他管。

「好啊，我也沒去過幾次，上次劉學長帶我去的時候我覺得滿有趣的。」林致淵帶著笑愉快接受：「那等兩位學長痊癒之後再約時間吧。」

敲定電影行後，張建昌和趙銘明顯放下心中的大石頭，隨後語氣變得輕鬆許多，拉著林致淵和高戴凡亂聊了好一陣子，主要還是都在講那天晚上請筆仙和各種靈異揣測。

根本不打算加入討論的東風讓林致淵介紹過自己，拿了旁邊應該是親戚朋友堆高的水果出來削……是真的滿多的，都堆得尖尖滿滿。他突然就想到常常會跑去工作室混的陳關，雖然那人真的混蛋，不過如果出事住院，應該也是滿多狐群狗友會帶水果去探望並熱熱鬧鬧嘲笑他吧。

東風一邊聽著學生們大聊特聊那些被渲染得過於誇張的鬼故事，一邊打發時間地削了幾顆蘋果和梨子，順手切片堆疊拼湊成盤。

終於發現林致淵的高中學長把水果削成一盤立體的一〇一大樓後，張建昌兩人又大呼小叫起來，看到神一樣用手指對高中學長下跪，接著拿手機瘋狂拍照打卡，並附註說明：「本年度最狂的探病立體水果盤」。

「學長我都不知道你會果雕。」林致淵小聲地湊到東風旁邊說道，然後看著受傷兩人拱著那盤有點在搖晃的水果，敬畏地放道床頭櫃上打算供起來。

「……工作室隔壁是廚房，久了就會了。」東風懶洋洋地咬著手上的桃子。聿有時候要處理大量食材時不是找虞因就是抓他當苦工，削著削著就削出心得，隨手拿一些賣相不好被打下來不用的蔬菜水果切來片去，讓他莫名弄出各種花樣了，後來楊德丞來收簽約甜點時經常把那些果雕要走，現在總追著他問要不要也簽約配合做一套，被他果斷拒絕。

當然那些被他練習的食材也沒有浪費，水果吃了，蔬菜就被聿剁碎做成各種食物，內部消化掉。

「眞厲害。」林致淵打從心底佩服。

學長們又吹捧了下果雕，不要臉地求東風再給他們刻點什麼，最後東風只好又把哈密瓜也雕了才得以脫身。

擺脫掉明明是傷患卻精神超好的兩人後，已經錯過午餐，進入下午時間。

「你還好吧？」

離開病房，高戴凡看著有點疲勞的學弟，隨口問道。

林致淵按著眉心，覺得自己頭痛好像沒有比較好，不過想到預定行程還沒進行，便搖搖頭，打起精神：「沒事，可能受傷比較容易累而已。」他笑了笑，然後看著一瓶鋁箔包麥茶遞到他面前。

「喝點，剛剛你和趙銘他們聊滿久了。」高戴凡自己不太喜歡聊天，顯然旁邊那位高中學長也不喜歡，應付那兩個吵死人的傢伙主要還是林致淵，如果沒有後來的果雕吸引掉大半注意力，可能眞的硬生生被他們拉著講兩、三個小時不能停。

接過早已退冰的飲料，林致淵道過謝，問了東風不喝後，他就喝掉學長的好心，然後把飲料包摺好放進回收桶，三人這才往餐廳移動。

不知道爲什麼，林致淵覺得一路過來，高戴凡還是不斷在打量他，偶爾也會看東風幾眼，然後遭到後者凶惡地回視。

醫院附設餐廳在地下一樓，其實搭個電梯很快就到了。這幾年不少醫院和各種美食結合，有的醫院甚至還有小美食街，他們這家就沒那麼好的規劃了，只有一間醫院合作的餐廳，所幸提供的餐點種類不少，也有自助餐區可以選擇，避開了用餐時間，很容易就找到個不錯的位子，旁邊還有綠色植物造景，提供了巧妙的隱蔽性。

東風吃得不多，分頭去買午餐他是最快回來的，端著一份蔬菜粥坐在位子上盯著用餐區的大電視看，上頭在播放新聞，再次提到了八名學生的撞車事件，因爲學校和家長禁口，新聞也不像前幾天那麼狂熱，講了幾句帶到「還有學生沒醒」就快速跳到下一則新聞。

這時候，他聽到群組提示音，點開一看正好看見虞因傳了一段影片，隨手要播放時，對方突然又馬上收回。

「？」東風把自己的問號打到聊天室裡。

虞因沒有回。

「有消息嗎？」林致淵端著冒著熱煙的鍋燒麵走回來，恰好看見對方一臉疑惑。

「不知道，大概傳錯吧。」東風看群組也沒人再發話，就關掉螢幕，猛一抬頭立刻皺眉：「你還好吧？」他怎麼覺得眼前這傢伙好像臉色不是很好看。

林致淵坐到椅子上，揉著額頭：「老實說不是很好，頭一直很痛。」早先覺得還稍微可以忍受，不過現在開始有點暈了，但複診時醫生也沒看出異狀，還說復元良好。他停頓了幾秒，等一陣暈眩過後才開口：「沒事……還在醫院裡，至少省一趟跑醫院的路。」

「……那還眞是運氣好喔。」東風一記白眼插過去。「運氣能吃嗎？不行我們現在先回去找醫生。」他看著對方好像越來越灰敗的臉色，直覺不太對勁。

林致淵猛地站起身，摀著嘴直接扭頭往廁所方向跑。

東風呆了兩秒，也馬上起身，才跨出步伐就被剛好回來的高戴凡擋個正著，對方端著托盤從造景後拐出來，差點打翻上面的湯湯水水。

「怎麼了？」穩住上面的碗盤，高戴凡有點詫異。

「沒事，你吃飯，我們去個洗手間。」東風下意識看了眼托盤，發現這大學生還點了不少東西，看起來都不只一人份了，難怪會這麼久才回來。

就在兩位同行學長對話之際，林致淵已順利到達洗手間，衝進隔間對著馬桶爆了一輪漿，把稍早吃的水果送給馬桶，頭暈目眩地沖掉那些水果泥，又乾嘔了一會兒才搖搖晃晃走到洗手台旁邊清理。

漱口洗把臉後，林致淵甩甩頭，發現視線隨著暈眩逐漸變得有些模糊，某種詭異的不祥感覺跟著湧上。他思考幾秒，取出手機撥了電話出去，上面的聯繫人閃爍著「哥」，沒多久很快就被對方接起。

「哥，我這裡不太對……」

話還沒說完，他先聽見沉默的話筒彼端傳來幽幽的笑聲。

不是他熟悉的兄長聲音，而是很陌生、帶了低沉的邪氣和惡意的冷冷一笑，接著通話就被掛斷，想要再重撥已經沒有訊號了。

林致淵抬起頭，猛然看見鏡子裡、他身後，剛剛使用過的廁所隔間門緩緩打開，有一團東西從地上慢慢升起，然後貼到門邊蠕動著。回過頭卻什麼也沒有，廁所依然是他剛剛隨手帶上門的樣子，下秒卻從那裡傳來沖水聲，似乎有人在裡面按下沖水鈕，但從剛才到現在都沒有人進入洗手間，裡面應該空無一人才對。

按著疼痛的腦袋，林致淵將本來固定好的另一手抽出來，把手機塞回口袋，背靠著洗手台，冷靜地在越來越模糊的視線中警戒將要發生的事。

他看不見，但可以感受到危險逼近。

洗手間的燈同時熄滅，整個空間剎那陷入無光的完全黑暗，隱隱可以聽到有腳步聲在自己附近移動，沒有規律，就是來回走動，有時候拖著腳步。

咚的一聲，林致淵敏銳地立刻轉向聲音來源，模糊裡看見有點距離的角落莫名出現昏黃的燈光，有道嬌小身影倒下來，滿頭是血，木製的神像摔在一旁，她的腦袋顯然遭受到很大的衝擊，整個脖子都歪了，碎開的頭顱折成奇異的角度。

林致淵沒有預料到自己竟然會看見這幕，幸好有點距離，加上他已經看不太清楚了，所以只能看見那個身影穿著墨綠色的衣裙，血肉模糊的驚悚畫面不清晰，隱約分辨出一些青青白白的色塊，不知道該不該說不幸中的大幸，否則這種有點恐怖的黑暗來個高解析畫面，即使是他可能也會被狠狠嚇到。

還沒走近看清楚點，那邊又整個暗下，不論神像或是人體，都消失了。

他想想，再次摸出手機，打開手電筒模式，試圖離開洗手間。

沒想到手電筒照出的卻不是洗手間，而是另一個黑色空間，莫名有點眼熟。還沒意識過來是什麼地方，一雙腳突然從他上方砸下，不過沒有整個掉落，而是身體某處被拉力拽住，讓那雙腳在空中一頓，然後搖晃。

林致淵馬上把燈光往上照，他本來已經做好心理準備大概要近距離接觸各種鬼片會出現的畫面或是猙獰的恐怖面孔——都不是，出現在上方的是穿著一套白色衣褲的女孩，仔細看竟然還是醫院那種病患服，脖子束著、掛在半空中的女性垂下的臉正好與他相對，那是張閉著眼睛的年輕蒼白面孔，一看清是誰，他極度震驚。

「張牧茗！」

他沒有想到竟然是張譽銓的妹妹掛在上面，而且女孩好像還活著，因昏迷無法掙扎，但可以看得出呼吸已經開始被痛苦中斷，四肢相應地抽搐起來。

林致淵立即托住對方的腳，手電筒四下探照，馬上發現旁邊有書桌椅，他伸長腳把椅子搆過來，忍著疼痛爬上去抱住已經快要斷氣的人，接著從自己的手機殼裡弄出一小塊刀片，花了點時間割斷登山繩，才終於把女孩弄下來。

不知道為什麼自己會突然遇上這些詭異的狀況，林致淵把女孩安放好在地上，受傷的肩膀在負重後痛到抬不起手，劇烈的痛楚和暈眩混在一起陣陣襲來，很可能待會兒就要給他一個重擊。

還沒確認自己的所在地，林致淵整個一僵。

他背後有人，幾乎已經貼在背脊上，卻毫無預警和察覺。

一股濃厚的血腥味飄來，冷得像冰的十根手指掐上他的後頸，手機裡傳來的冷笑聲貼在他耳邊笑了一下。

「都去死。」

□

虞因出門前先聯絡過謝逸昇，後者很爽快地把鑰匙留在信箱裡就去打工了，方便他們去的時候可以自行開門。

於是他和聿中午前到達那處租屋時，迎接他們的是空無一人的房屋。

陳家的舊宅兩側是同類型的矮房，是個幾十年前比較多有錢人的巷內社區，一整排差不多都是同個時期蓋的，陳家兩老年輕時買下並從此長住，屋齡至少也有四、五十年，鄰里原本的前院早已各自搭蓋鐵皮做成小庭院或是車庫，看過去頗爲雜亂。

不過在陳家出事後靈異頻傳，加上老住戶們後代興家、各有發展，舊家過往輝煌不再、不堪使用，其實已經很多人陸續搬走，左右鄰居被小孩接去新房，僅剩下寥寥幾戶住在原處，但也早都沒有來往。前次來拜訪時，虞因只看見遠遠有老人好奇探頭打量他們，然後就無視，大概也是習慣這裡有學生進出，不想搭理。

虞因先在信箱拿了鑰匙，隨後停好車的聿走過來，兩人才一起開鎖進屋。

謝逸昇不在，屋內空氣彷彿凝結，有種說不出的怪異感，就算把燈打開讓屋內光明大亮，那種詭譎還是揮之不去，甚至都有點日光燈的光色特別青白的錯覺，與上次來的時候幾乎是兩樣不同的空間。

畢竟是十五年前的案子了，整棟屋子的裝潢也大改過，原先家具因爲慘案染血，據說當時全被丟了，一件都沒留下來，廚房廚具全換新裝，與當年現場照片截然不同。

回想了下夢境，虞因走到瓦斯爐邊，看著夢裡擺滿各種鍋桶的地方，沒看出個所以然。

即使當年這裡曾發生什麼事情，也在房子經過塗裝修改後徹底覆蓋痕跡，不可能被找到了。

「要找哪些？」聿走過來，看著手機裡面的存圖。

來前一太要虞因把夢裡面看到的東西大概畫下來，幸好虞因設計功底本來就比別人強，真的畫了格局圖並標示那些零散東西出來，更別說還有個繪圖能力更恐怖的東風協助快速完成立體稿，根本與夢境百分之九十九符合，放在群組可以讓大家對照。

「呃……我想應該是找不到。」看著周遭環境，虞因嘆了口氣，「那些鍋碗瓢盆應該一樣都處理掉了，我只是懷疑……」

「還有死一個。」聿直接開口說出對方想說的話。

虞因點點頭，一臉凝重。

如果他和林致淵夢到的東西都沒有錯，那很可能這房子還有一個，尙有個完全沒被揭露出來、也沒有成爲靈異傳說的存在。

第一個故事是滅門，檔案裡面三人的死因都很明確。

第二個故事是一失蹤一死亡，死亡的那個是上吊。

那他和林致淵夢見被烹屍的，又是怎麼回事？

夢裡隨著肉湯浮起的指甲片有經過修整，並不是男生指甲會有的樣子。

被殺的是誰？何時被殺？又是誰殺了祂？

虞因完全沒有頭緒，只覺得應該要走這一趟，他們都看見屍體分散在廚房的鍋桶裡，但真正站在這裡他又有點茫然，不知道要怎麼找、往哪裡找，唯一的辦法看似只能呆站著等那些不懷好意的東西再次找上他們。

沒有屍體和證據，夢只能是夢，連想找大爸他們幫忙動用警察那邊幫忙都不可能，更別說受害者是誰都不知道，簡直無頭蒼蠅。

聿想了想，大概也理解虞因的困境，便開口打破尷尬：「雜物間。」

發生凶案的家具全被丟了，但某些有紀念意義的東西說不定還在，接手的親戚不一定會收留那些物品，如果沒有發狠全丟，很可能會擺在雜物間裡。不過這房子聽說本來是五房外租，小倉庫也是沒有人承租之後才從一樓的小房間變為堆積物品的地方，搞不好裡頭只有歷代房客的垃圾也不一定。

總之對現在毫無頭緒的他們而言，至少是個探查方向。

虞因也同意這個想法，兩人立刻鑽進小倉庫翻東西。

大概是老天眞的可憐他們兩個特地跑來的人，搬開好幾個裝滿過往房客物件的箱子後，虞因在角落一個嚴重生鏽的喜餅鐵盒裡找到了幾張老舊照片，以及幾把鑰匙。

老舊照片果然是陳家四人，鑰匙看上去應該是改變房子內裝前的原本房間鑰匙。搬動完小倉庫裡的箱子後，發現只有這個喜餅盒是陳家留下的東西，看來這是後來裝潢期間才找到的，原先陳家的物品還是全被丟光，只剩這幾張照片和鑰匙，大概本來放在屋子某處，例如客廳，後來小房間轉爲倉庫後才和房客遺留下來的東西一起扔進去。

他們把喜餅盒拿出來重回客廳，一一攤開那些泛黃的舊照片。當中一張已在虞佟那邊看過了，是貌合神離的全家福照片，這張應該就是原版了。

十幾年前已經有數位相機可以拍照，大概兩位老人家不熟悉操作，還是習慣使用傳統相機把照片洗出來，照片上有底片相機的日期戳記，雖然數量沒有很多，不過二十多張的遺留相片裡確實可以看見四人生活的一角。

首先是相片最多的陳歆，這小孩幾乎每張照片都是那張陰鬱的面孔，不論是七、八歲也好，小學、國中也好，沒有一張笑著的照片，全都是僵著一張臉，雙眼陰森無神，不自然得像具活著的屍體，死氣沉沉的，絲毫沒有半點小孩的活力和生命力，陳歆的照片背景幾乎遍布整間屋子，每個房間都有拍攝到。

接著，陳炅彬的照片時間跨幅比較大，四、五張全都是他年輕時候的模樣，甚至有張是他小時候大約五、六歲，在當時是房間的雜物間地板坐著，周圍有些小玩具、小樹葉。再來是被他砸死的母親。

陳母的相片幾乎都是中年後的模樣，看起來是個嚴肅的人，拍照時顯得正經刻意，每張相片都端坐和穿戴整齊，年老後手上開始纏著一串佛珠。

陳父只有兩、三張，其中一張照得歪歪的，看上去是小孩按下的快門，幼童手不穩，晃動得很厲害，拍出來的臉部有點模糊；另外一張是他和陳母年輕時在客廳的相片，可能是剛結婚沒多久，兩人看上去才二十多歲，客廳的家具布置看起來也較新，似乎剛入宅，後面有些貼著紅紙的器具，最後一張則是他們在某個空地前，身後明顯是辦桌，一整排的露天桌椅與烹煮器具，有幾位水腳正在忙碌，可以感受到當時的熱鬧。

相片的風格與拍攝手法大部分一致，由此可知主要拍攝這個家庭的人是陳炅彬的父親。

聿凝視著相片，來來回回翻看很多次，微微皺起眉頭。

「怎麼了？」虞因其實有點擔心，應該說每次碰上這種滅門案他就會擔心聿，雖然看上去好像不受影響，但可以發現對方接觸這類事件時還是會心情不佳，畢竟沒有人喜歡一再被挑起傷痛，就算再怎麼讓大家覺得他已經釋懷也一樣，只是掩飾得好不好而已。

「總覺得他們對著鏡頭時，都含著怨忿。」聿指著臉色同樣冰冷的陳母與陳炅彬的照片。「為什麼過了很多年他們依舊同樣懷著怨怒？」

虞因重新看過相片，果然沒有一張出現笑容，每個人都是冰冷冷地看著鏡頭，像有什麼深仇大恨一樣，那種情緒透過相片傳到了觀者眼前。「也就是說，驅使陳炅彬殺了全家的恨意其實已經累積很多年了，而且從他年輕就開始，然後連他的小孩都受到相同的影響？」他打了個冷顫，果然照片多的三人神色越看越像，都是沒有生命力並帶著濃烈的怨恨。

如果是大人就算了，竟然連最小的孩子也有這種表情？

「我問看看大爸或仲介能不能幫我們聯繫房東引介或直接找到陳歆，不知道能不能問出是怎麼回事。」虞因拿出電話，正想撥打時手機突然響起，居然是東風打過來的。東風沒事不會打手機找人閒聊，他馬上接通，接著對方就丟了個巨大炸彈過來。

「小淵不見了？」

「小淵不見了？」

東風看了眼後頭的高戴凡，聽見對方詫異的問話，他冷冷回應：「對，廁所沒人。」如果不是被擋那一下他就不會慢一步，沒想到因爲慢了這步就把人丟了，所以他現在覺得這人很礙眼，希望他可以當場自體蒸發。

先通知虞因後，他想想也撥了電話給阿方，然後再告知虞佟這件事，請他幫忙聯絡醫院調監視畫面；失蹤的林致淵手機直接被關機，群組不讀不回，似乎短短時間內在廁所裡被抹除一切蹤跡。還好虞因遇事也經常搞失蹤，他們都被鍛鍊到可以第一時間冷靜，快速思考從哪裡開始搜索。

確定不是那小子跑出去玩的原因是，洗手台上留下了他的皮夾，沒有被打開。來醫院時東風有注意到對方的皮夾上有防盜鍊，扣在褲耳上，大概是平常和人打架時防止掉出去的安全保護，現在皮夾被取下來，鍊子原本要扣在褲耳那端被人扣到了皮夾上，形成一個圈。

如果是被扯掉或是被偷，對方是不會特地把鍊子扣好，所以很大可能是林致淵本人留下來的。

沒有對外求救，而且短暫時間內消失，只能朝他遇到詭異的狀況無法離開，僅來得及留下點東西嘗試告訴後面跟上的人，這樣的方向和想法解釋。

就某方面而言，東風覺得這眞的比經常直接蒸發什麼都不通知的某人好很多。

「小淵去哪裡了？」高戴凡看著眼前的人沒回答，再次發問。

「不知道，你如果很閒就去找人吧。」東風懶得應付對方，他對這個人沒什麼好感，也沒接觸的意思，於是拿起林致淵的皮夾，再次確認廁所內眞的沒人後隨即轉頭離開。

「你……」

可能是因爲網紅身分被大家拱著，高戴凡臉色明顯陰沉了幾分，原本就冷淡的面孔又降低了溫度。

東風當然是完全無視這種臉色，他本身就是個給別人南極臉的存在，所以側身直接閃過擋路的大型障礙後便踏出廁所。走不到兩步手機就響了，群組裡有人打電話給他，是一太。

「你先別自己離開醫院。」一太接通後立即開口：「我讓人去載你，別單獨。」

「有什麼問題嗎？」東風其實也沒打算馬上離開，林致淵蒸發前還有事情沒做完，他得先去處理才行，畢竟等警方聯絡到調出監視器同樣需要時間，他並不想原地枯等。

「小淵不知道遇到什麼事，可能也會找上你們，小心點。」一太想想，補上了句：「有這種感覺，總之盡量別落單。」

「好吧。」東風把自己待會兒的預定行程告訴對方，然後才掛斷電話，正想繼續往前走，那個高戴凡居然擋過來攔在他面前。「還有事？」

「你是虞學長身邊那個朋友沒錯吧？」高戴凡微微瞇起眼，盯著將臉遮掉大半的男生。如果他沒記錯，這看起來像高中生的人就是他們大學都市傳說裡的其中一位。「校園命案，我記得確實在小淵的高中發生過。」

「喔？你有興趣的不是一太嗎。」東風環起手，稍偏過頭，有點不爽地看著還要抬頭才可以和對方互瞪的高大傢伙。

「一太學長當時身邊親近的同學我多少有耳聞，更別說虞學長這麼出名的人，我一直期望哪天頻道可以與他們合作。」高戴凡彎過身從自己的側背包裡翻出名片，遞給對方。「雖然只是一個不起眼的自製音樂頻道，但言學長有興趣的話，希望有機會也可以合作。」

東風看著對方，口罩下的嘴張了張，本來想說點什麼，不過還是沒講，默默接下那張名片，上面還真的印有頻道名稱和聯絡方式，且有個奇怪的圖案，大概是代表圖，給人一種專業的感覺。「我還有事，掰啦。」說完，他馬上扭頭閃人，幸好這次沒再被攔路，順利地從餐廳廁所前離開。

去了租屋的虞因拍下不少屋內外的照片傳到群組，趁著等電梯空檔，東風打開那個相簿資料夾，快速瀏覽起百多張照片。可能是想盡量把細節都拍入，所以數量非常多，但也很方便他在腦內勾畫出完整室內外圖，他同時也看見相片裡的黑暗中不時有殘破的黑影棲伏著，像夜裡的野獸般等著時機咬噬獵物。

接著他看見那些翻拍的陳家老舊照片。

第一眼就有奇異的不自然感。

「嗯……？」看著那些老舊相片，東風猛地知道不自然感是怎麼回事，再次快速翻回虞因拍的房屋照片。確認看見的沒錯，他就把怪異處打在群組上，但不曉得爲什麼，訊息一直在傳送中的狀態，無法順利傳到群組裡。

訊號不好還是不想讓他傳？

搭上電梯到達樓層，東風先快步走到落地窗邊，確認訊號是正常的，但訊息仍無法傳入群組，連後面打的其他字或發貼圖都過不去。想想他撥了虞因的電話，這下變成無法接通，打其他人的也一樣。

看來是不想讓他傳嗎？

冷笑了聲，東風抬起頭打算去找路人借電話，就在那瞬間，他猛地轉過頭看出落地窗，七樓的高度向下看，平地事物已變得有點小，但他看見個背對他走出醫院的人，輪廓與他晦暗不清的記憶中的某道身影重疊。

那是誰？

弓起食指抵著隱隱作痛的額頭，東風想再仔細看看那人，卻發現找不到了。

然後他看見一縷血色從高處落在窗戶上，顏料般濃厚地抹開，鮮血淋漓地攤滿整片窗，撲面的血腥味滲透進來，陰狠地盤繞在他的鼻腔裡。

哐的聲，濃稠的血水簾幕外有人影被懸吊在那裡撞上玻璃，高空中只有一根繩子纏在他的頸部支撐重量，微微搖晃的身影霎時與那個弄丟的學弟完全契合。

「林致——！」猛地停住腳步，東風往自己臉上甩了一巴掌，用力咬一口左手虎口，再次抬頭時血色已經沒了，甚至連落地窗都沒了，他不知道什麼時候已經走到逃生梯口，一腳懸空正要踩出去。

樓梯雖然不一定會摔死人，但是毫無防備也是會摔殘的，更別說姿勢不好真的會死。

如果不是聽過林致淵提起他差點墜樓時的狀況，他也不會瞬間猛然想起這回事。

有東西在他附近，而且不想他和別人聯繫。

抓著樓梯扶手，東風慢慢蹲下身，幾次深呼吸後重新看著樓梯間，確定這次不是幻覺才轉回走廊，周圍的聲音一下子多了起來，這時他才想起剛剛出電梯後四周幾乎靜默無聲，因爲正在思考那些相片，反而忽略了。

「同學，你受傷了嗎？」有好心的家屬走到他旁邊，指指他的頸部。

東風抹了下脖子，白色的手指上出現刺眼的紅色血液，不過量不多，就著旁邊可以反光的門框一照，有兩條約莫五公分的條狀淺傷出現在頸部右側，彷彿抓傷。

這點恫嚇就想讓他卻步，那也太溫馨和平了點。

邊道謝邊接過好心路人的紙巾把少許出血擦乾淨，他按照原訂計畫去找張牧茗所在的病房，一太他們代爲聯絡上父母後，也告知了會有人過去拜訪，大概是看在好心人通知女兒出事的面子上，張家父母才同意見人。

不過直到在病房外聽見了談話聲並看見來來去去的護理師們，東風這才發現狀況有變。

張牧茗醒了。

□

「我……我沒有惡意……」

清醒的張牧茗在醫生檢查過、確認恢復狀況極佳，休息了一小段時間後，終於可以幽幽地開口說話。

面對倉皇趕來的父母與那些自稱聯誼者的關係人，她精神相當不好，發出斷斷續續柔弱的聲音，就像毫無抵抗力的小動物一樣充滿可憐感。「只是……想進去看看哥哥……失蹤前的地方……我本來請朋友幫我打聽看看能不能進去……正好發現朋友的朋友們要聚餐……才想辦法混進去的……」

「小牧和譽銓感情很好。」張母嘆著氣，雖然一開始他們不太想和外人說這些，不過見來訪者漂漂亮亮的便起了好感，加上女兒剛甦醒，心情好了許多，就多講了幾句話：「譽銓失蹤後我們也去了那租屋很多次，聽過那房子的凶案，不知道他爲什麼租在那裡……但是仲介又信誓旦旦地說張譽銓是退租後才失蹤，與屋子沒有關係，哪知道後面就出了那些事。」

「賴同學自殺嗎？」接過張母好意遞來的果汁，東風輕輕拿下口罩，爲了讓對方放鬆警惕，所以他配合對方的邀請，喝了口果汁，表示來訪沒有任何惡意。

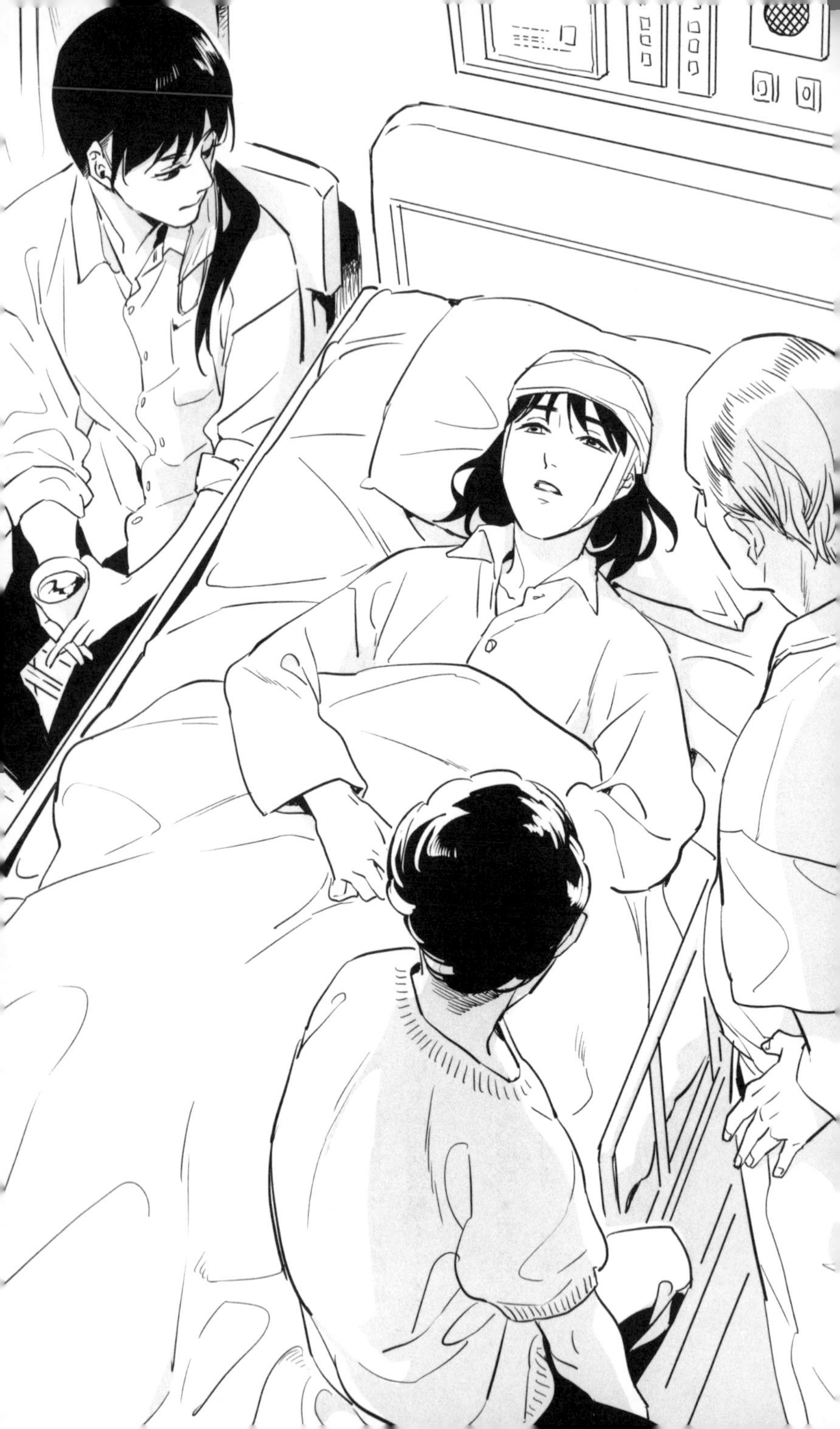

好看的外表本來就已讓張母放鬆戒心，拿下口罩後的臉龐看著比想像中的更年輕、只是個小孩子，而且五官精緻有種脆弱的瓷娃娃感，舉手投足間的動作又優雅，身爲母親的女子立即憐惜了起來，也不太介意這個尖銳的問題：「對啊，我們也不知道爲什麼她會選在那裡自殺……但爲了兒子的前途，我們只能盡快把這事情壓下來，否則外界不實流言很容易毀了活著的人。」

沒意識到自己色誘了別人家的父母，東風雖然有點奇怪張家父母看他的眼神好像哪裡怪怪的，不過還是繼續問道：「什麼流言？是那些槍手報告比賽、還是腳踏多條船呢？」

「那些只是胡說八道而已，我兒子一直很優秀，從來沒有變過，是那女的在潑髒水。」站在一邊的張父冷哼了聲開口：「我們並不反對他們交往，也樂於看他們畢業後靠自己的力量組家庭，哪知道女的得寸進尺，還沒畢業就鬧著要我兒子的存款，還打電話到我們家鬧，不知道是不是受到什麼人的煽動，硬要譽銓交出一筆錢，說是什麼結婚錢……莫名其妙，我兒子不堪其擾，還特地打電話來告訴我們別把人放進家裡，他會好好地跟女生說明……那女的眞是想錢想瘋了。」

「唉，譽銓不知道怎麼說的，我們猜大概是提分手，總之搬家後，她就自殺了……才多少錢啊，値得嗎？就算分手了，她還那麼年輕，有大好人生，眞是不懂年輕人在想什麼。」

張母搖搖頭，無奈地說：「到今天我兒子都還沒找到人，我們也不知道事情有沒有關聯，但人死了也不知道怎麼問，這麼多年來什麼關係都用過，至今不知道我兒子發生什麼事情。」

東風看著一家三口並不像說謊，於是看著躺在床上還無法坐起的女孩。其實在那八個人裡面，她算是很衰、傷勢數一數二嚴重的其中之一，她當時搭的機車並不是騎在前面，卻在前面的人摔車後他們追撞上去，把她整個人重重甩到馬路上，正好叩到腦袋，才會這麼慘烈。「妳在那天晚上有遇到什麼奇怪的事嗎？」

張牧茗搖搖頭，巴巴地望著對方。「沒有……記不太起來……」

「對筆仙有什麼印象嗎？」東風見她樣子有些茫然，於是挑個他們那晚的重點活動問。

女孩停頓了幾秒，垂下眼眸。

「小牧沒關係，說吧。」張母摸了摸女兒包裹著繃帶的頭部，臉上充滿關懷與憂心。

「……那天我……會玩筆仙是想問看看哥哥的下落……我想哥哥是離開之後失蹤的……如果眞的有什麼存在的話……希望祂們可以告訴我哥哥在哪裡……所以我問了『可以告訴我從這裡失蹤的人在哪裡嗎？』……可是沒有答案……」女孩難過地低聲說道：「祂轉了很久，什麼都沒回……」

張家父母無聲地嘆息。

這時張牧茗突然抬起頭，像是想到什麼：「欸等等……我們車禍之後我躺在地上……」

東風側過身，仔細聽著少女微弱的聲音。

「我們在地上時……有個人朝我們走過來……黑色的，看不清楚樣子……」

「沒關係，妳說妳記得的就好。」東風取出紙筆，慢慢記下女孩陸續吐出的描述，黑色的形體逐漸在紙張上架構出人體的樣子，渾然的黑暗彎著身體，像那晚一樣俯瞰著倒趴一地哀號的學生們。

「這是什麼？」站在一邊看著圖案成形的張母爲那塊黑色人影感到不適。

凝視女孩形容出來的影子，東風闔上筆記本，這黑影並不是當時車禍車輛司機的影子，也不是第一時間附近來幫忙的民眾，形體與他從警方那邊看到的影片畫面身影沒一個對得上，和剛剛看過的陳家相片也對不上。

「該不會是那個什麼筆仙吧……」張母憂慮地看著丈夫，先前不知道女兒就在傷患名單裡頭，看電視上那些名嘴信誓旦旦地在說神怪，他們還有點嗤之以鼻，現在卻已經幾乎深信不疑，就怕是有什麼髒東西還跟著。夫妻倆憂心忡忡地說起是不是該帶女兒去收驚拜拜，過個運。

「對了，你們一開始知道那間租屋有問題嗎？」東風收好筆記本，轉向兩人。

「不知道，要是知道那屋子發生過凶殺案，我們是絕對不可能讓譽銓去住的，兒子只說和同學在外面租屋，中間也換過兩、三次房子，來找他時都帶我們在外面吃飯，一直到他失蹤我們才知道他最後租在那種地方，唉。」說到這點，張母不禁有點怨嘆，小孩們鐵齒，爲了省錢就住在那種地方，都沒想過大人會不會緊張。

「可是張譽銓比賽賺了不少獎金，爲何要住在那種地方呢？」其實先前聽過張譽銓的事之後，東風就起了疑心，現在看張家父母的穿戴談吐，以及他們家有背景能力可以壓下新聞輿論，那就代表他們並沒有經濟壓力，爲什麼張譽銓會住在那種地方？

「這我們也不知道，以前他說要在外面租屋，我們還刻意告訴他不用省錢，不夠的爸媽會出，要他找乾淨舒服的房子，沒想到大三時他說要搬去的新套房是這種地方，後來知道了我們也很訝異。」張母又嘆息，完全不解兒子的想法。

「是因爲打賭……」張牧茗突然開口。

「打賭？」幾個人紛紛看向努力睜開眼睛的女孩。

張牧茗費力地想要點頭，卻只能做出很像歪了頭的動作。「哥說……那房子有問題……他們同學在傳的……如果可以做滿任務……有懸賞金……」

「懸賞金？」東風第一次聽到這個說法。如果眞的有這層關係，爲什麼上午那個張譽銓的朋友沒有告訴他們？

「嗯……我也不知道……哥哥只這樣說……他說如果……要用獎金帶我去迪士尼樂園玩……他說不能告訴別人……」張牧茗還是抵不住身體虛弱和藥物帶來的睏倦，眼皮開始下垂。「可是哥失蹤了……為什麼呢……」

「妳好好休息。」東風壓低了聲音，在女孩半昏睡過去的同時起身，告辭張家父母。他得去查查懸賞金的事情，如果搬進去有這個因素，或許當年學生之間還會有人流傳。

東風拿出自己的手機，依舊無法傳送消息，他這時才想起來要找個人借用手機，剛才專心在和張家對話，離開前應該向他們借一下。

躊躇了幾秒，他還是轉頭打算回去借用，這樣可以省掉找路人解釋的時間。

邊琢磨著那房子的異狀，東風邊重新打開幾分鐘前才離開的病房房門，接著一愣。

門內什麼都沒有。

「跟我過來。」

東風還在錯愕病房內的空蕩時，突然有人從旁邊走廊閃出，不由分說地一把抓住他的手腕將他拖走，步伐非常急促，好像有什麼在追趕一樣。

仔細一看，居然又是那個高戴凡。

「你……？」東風被對方拉得有點踉蹌，不由得只能跟著加快腳步。

「我找到小淵了，先離開這裡再說。」高戴凡沒有放手，只是走得更快，到最後幾乎快變成是小跑步。

這時東風才注意到走廊竟然一個人也沒有，連護理師都沒看到，櫃台內空無一人，電話機不斷發出讓人不安的聲響，然後他聽到身後傳來一陣窸窣聲，像在追著他們跑一樣，從遠處開始逼近。

「別回頭看，走快點。」高戴凡扯了下想往後看的人。

「那是什麼？」東風幾乎已是被拖著跑了，倉促間還是往回看了眼，只見另端走廊處有團黑色東西貼在地上，正在往他們這邊……像是爬行一樣爬過來，幸好速度並不快，他們這邊加快步伐很快便拉出距離，不過那東西很執著，拚命扭動著持續朝他們逼近，如果不想被追上就得不停移動。

「不知道，我找到小淵後那東西就跟上來，我想你應該還在醫院裡。」推開逃生門，高戴凡拽著人跑樓梯。「電梯可能不安全，小淵在地下三樓，我找不到人幫忙，不敢一直隨便搬動他。」

聽對方這麼一說，東風臉色一沉，推測林致淵可能狀況很糟。

荒謬感莫名浮上來，前陣子虞因才在說以前他撞飄的頻率沒這麼高，都是跳針跳針的，偶爾見一下，後來彷彿詛咒般越看越多，接著身邊人也陸續遇到怪事。雖然認識的人大多從事那些行業可能也有關係，但現在連這些學弟也遇到，又是什麼道理？

還是……

東風猛地覺得自己腦袋浮現有些不太可能的想法，正要甩開高戴凡的手時，對方八成嫌他跑樓梯不快，乾脆直接把他夾著快速三步併兩步地跳下底層階梯。

這動作其實很唐突還很失禮，雖是以保命爲前提，但對東風這種討厭被觸碰的人來說，如果不是理智壓住衝動，眞的會當場給這傢伙來個驚喜，讓他身後那團東西把人吃掉好了。

沒意識到對方爆出不爽，高戴凡扯著人很快進入地下樓層。

地下三樓有些科室與一些醫院的員工空間，還有間小的圖書室，高戴凡進入的就是無人的圖書室。「我是在地下五樓停車場發現學弟，發現時他已經是這樣了。」

終於可以把人甩開，東風皺眉走上前去。

林致淵明顯已暈過去，被人放在圖書室的桌上，原本頸部纏著的繃帶破碎得不成樣子，露出底下近乎黑紅的深色指痕。

東風檢查了對方狀況，呼吸很正常，看起來性命無虞，不過皮膚摸起來卻相當冰冷，就像剛從冰箱裡出來，只差一點就會降到威脅生命的溫度。

「醫院現在這樣可能也沒辦法找醫生，先離開這裡？」高戴凡露出擔憂的神色，看著遲遲未醒的學弟。「不知道會不會有危險，你認為呢？」

並沒有立即回答大學生的話，東風抬起頭，看向圖書室門口，一直跟著他們的聲響到門口便停止了，現在一團黑黑的東西癱在地上，看不出形狀，有點像人，又有點不像，狀態相當扭曲，他突然浮上某種怪異的念頭。

「……那東西眞的想害我們嗎？」

「什麼？」

高戴凡愣了下，有點不可置信地看著旁邊的人，聲音不自覺變大：「那東西是什麼也不知道，你覺得它無緣無故跟上來是爲什麼？整個醫院都變成這樣了，它不想害我們？」

「算了，先離開這裡再說吧。」看那團物體似乎沒有爬進來的打算，東風又檢查了林致淵的狀況，還是得趕緊出去找個醫生會比較好。說起來也滿可笑的，他們明明就在醫院，卻必須離開醫院去外面找醫生。

兩人至少有個同樣的目標，就是快點幫學弟找醫生，所以高戴凡也沒多說什麼，讓東風幫忙把人揹到肩膀上，很快便從圖書室的另個門出去，在那東西追上來之前從逃生梯直接通往一樓離開。

踏上馬路沒多久，馬上就陸續看見活人。

就像不知道醫院裡發生什麼事情，外面的人群一波接著一波往醫院走去。

東風回過頭，醫院又變回原本的醫院，人來人往，義工正在勸導沒戴口罩的人戴口罩。

幾乎在同時，林致淵動了下，慢慢地睜開眼睛，一看見自己在高戴凡背上也愣住。

「你要回醫院還是診所？」東風看人醒了，正好讓他本人決定。

「什麼……？」林致淵有幾秒反應不過來，只覺得腦袋一股刺痛，活像被人在裡面塞了一把釘子，正在往四面八方用力刺來戳去。

高戴凡見狀，左右張望了下，把人揹到旁邊的公共椅先坐下。「你還記得自己發生什麼事嗎？」

「……不記得，頭和手很痛……」林致淵單手按著額頭，偏過頭看向一邊的東風。

「看來得回醫院包紮。」東風打開手機，發現通訊全都恢復了，他便把這邊的狀況打在群組上，順便將自己在相片上發現的怪異點也一併告知，避免哪時候又突然被斷訊。

「抱歉……戴凡學長先回去吧。」按了按疼痛的肩膀，林致淵有點發顫地倒吸口冷氣，才接著苦笑：「感覺傷口裂了，可能要花不少時間……其他的事情電話聯絡吧。」

「你眞的沒事？」高戴凡皺起眉，一張冷酷帥氣的臉也難得掛滿擔心的神色。

「嗯，應該是沒。」林致淵點點頭，「學長快回去做自己的事情吧……更新頻道很花時間的，這邊東風學長處理就可以了。」

「好吧，有事聯絡我。」見對方大概是眞的很痛，高戴凡也不拖拖拉拉了，按著學弟加了通訊好友，就轉向東風：「那就麻煩學長了。」

「去吧。」東風揮揮手，直接表達自己慢走不送的意思。

目送大學生離開後，東風才轉頭重新看向已經在飆冷汗的學弟，眞虧他可以硬忍著一聲痛都不吭。

「你要進醫院還是去診所？」盯著都痛白的臉，東風想了想，暫時不追問爲什麼要找藉口讓另個人先離開的事，還是先處理傷處比較重要。

「我是不太想進去……」林致淵按著肩膀彎下身，眞的沒力氣再維持沒事的樣子和笑臉了，頭暈眩到眼前模糊，渾身痛得都不知道哪裡最痛了。

「……」東風見狀也不浪費時間，招了計程車就把人扶上去，有點無奈地直接報了個地址。司機大概覺得很怪異，沒有幾步路的地方就有大醫院，不解爲什麼兩個看起來還沒畢業的學生要轉去別的地方，其中一個不是受傷嗎？於是不免從照後鏡多看了他們幾眼。

懶得搭理司機好奇的目光，東風拿起手機，彷彿有深仇大恨般盯著上面的好友名單半晌，咬牙給某個傢伙發了訊息，之後立刻把對話框按掉，不想看多餘的消遣廢話。

林致淵整個人都蜷在座椅上，過了好一會兒大概是緩過來比較沒那麼痛了，才幽幽地傳來聲音：「學長……我錢包在你那嗎？」

東風拎出皮夾在對方面前晃一晃。

「還好……掉錢我會肉痛……」笑了聲，林致淵閉上眼睛。「我看見了……推學長他們那個……」

「男的，一身血。」東風接上對方的話。

「！」林致淵猛地睜開眼睛，錯愕地看著對方。

「有什麼好驚訝的，看影片時就猜到了。」東風沒好氣地說道：「難道我是唯一一個看出基本樣子的人嗎？」

「……學長，那個東西沒有身形啊？」林致淵覺得自己的眼睛也不算差，但他確實只在影片中看見黑色長條影子，雖然說是像人，不過很難判斷男女。

「……」突然想到上次電話錄音的事，東風閉上嘴巴，狐疑地思考起那影子究竟有沒有樣子了。

計程車就在這樣詭疑的氣氛中安靜行駛，主要是林致淵的狀況也不適合一直說話，沒多久，車終於到達目的地，而已經在那邊等待的人直接迎上來幫忙打開車門。

「嗨，小東仔，沒想到你會找我幫忙，大哥哥滿心安慰。」

□

如果不是沒選擇，東風眞的完全不想找這個人，但一眼望去，有醫學背景又最好使喚來幫忙治療的，目前大概只有這個人。

推開工作室大門，他完全無視身後囉哩叭唆的各種廢話。

「林同學傷得眞嚴重啊，這是詛咒範圍擴散嗎。」嚴司揹著大概已經快去掉半條命的大學生，老馬識途地往休息室方向鑽，順手開燈把人放到床上，然後從櫃子裡翻出急救箱。可能是準備的人已經做好他哥大概未來哪天要在這裡緊急開刀的預測，竟然在裡面看到院內用藥，不知道是從什麼管道拿到手的。「小聿眞可怕啊，他是不是有地下門路了啊，叫他小心點別哪天被抓。」

嚴司邊說著，邊拿了幾管藥劑出來，先簡單做緊急處理和注射，然後才幫林致淵拆去破碎的繃帶，檢查幾處傷口惡化的狀態。「嗯……？」

「怎了？」東風幫忙從櫃子裡翻出生理食鹽水，一扭頭，也跟著愣了一下。

「所以我才請戴凡學長快點離開啊。」半躺在床上的林致淵苦笑著，下意識想要去摸肩膀，不過忍住了。

「這是刀傷吧。」嚴司看著男孩肩膀上出現的黑色痕跡，不是實質的傷口，很像一道疤，仔細看，應該是刀傷沒錯。「然後脖子上的掐痕稍小，不太像大人的，這個大小可能是青少年或是女性。」

東風盯著那些痕跡看，果然就如嚴司所說。

林致淵脖子原本是被發狂的張建昌兩人弄傷，但現在除了傷勢加重外，明顯出現了不是他們留下的掐痕。

「跟小東仔沒發育成功的手形倒是差不多大小，不過小東仔的手指比較長。」嚴司補了句，然後一邊就飛來食鹽水包差點砸到他。

「肩膀的傷是剛剛才出現的，我以前沒有這種舊疤。」林致淵偏了偏頭。應該是藥物開始發揮效用，他覺得痛楚減輕不少。「……我那時候看見了一些奇怪的事物。」說著，他把在男廁中發生的事告訴兩人，直到冰冷的手掐住他的頸子後他才失去意識。在最後昏迷前，他感覺到肩膀一陣強烈的劇痛，然後不醒人事。

「新世界的大門又開了。」嚴司給予感想。

「你們有找到陳家的屍檢報告嗎？」東風忽略那句，看著繼續幫人療傷的傢伙。

「有啊。」

「是不是肩膀有一刀。」

「對啊。」嚴司掛著笑容，歪過頭看著以前的機械貓。「那麼當時脖子的傷又是誰留下來的呢？」

「死人是不會繼續動手的。」東風環起手，坐到旁邊的空位，想想，拿過平板再次翻閱起所有相關資料。

「……學長，你們話題跳得好快啊。」躺在那邊的林致淵覺得自己有點跟不上聰明人對話的速度。

「很簡單。」東風一手滑著資料快速讀過文字，另手拿出手機把正在交談的文字敲入群組當中。「看來你身上的傷口是反映了當年的陳炅彬，對應的是肩膀刀傷，我想你們遇到的全身血黑影應該也是它。賴霈雨出現的動機還不明，不過按模式來看與祂的死後訴求有關，所以先排除。而且A壓B壓C，祂大概被陳炅彬或其他的什麼東西擋住，還沒辦法好好地傳達自己的需求。如果你身上的傷是陳炅彬所有，當時會在脖子上留下掐痕的未成年人也只有一個。」

「陳歆嗎？」林致淵恍然大悟，「可是當年報導裡面沒有提到這個。」

「因爲聳動啊，所以很常不會對媒體透露太多細節。」嚴司把食鹽水倒在紗布上，替這個倒楣小孩擦乾淨傷口，重新上藥與包紮，最後固定了不能動肩膀的那手。「當年陳炅彬的屍體脖子上的確有掐痕，不過被判定應該是陳歆和父親掙扎扭打與反抗時留下的，肩膀的刀傷同理，那小孩事後精神受創太嚴重，很多細節無法回想，從現場判斷只能知道陳炅彬是發了瘋要把全家人殺死，所以才會抵抗得這麼激烈。」

「不過？」東風略抬起頭，看向某個笑得很欠揍的法醫。

「手印先於傷口，很大機率是瀕死時掐的，不是抵抗，而且從手痕和施力點判斷，他們的姿勢應該是陳炅彬在下陳歆在上，由上方掐住他爸的脖子。」嚴司扔掉手上的紗布，把手擦乾淨後翻出件虞因的衣服幫倒楣學生套上。「當事人沒印象，我猜大概是當下恨極、情緒激動，所以他掐著將死的陳炅彬……嗯，合理的話可能還會說一些怨恨的話吧。」

「不合理呢？」

「他會叫陳炅彬下地獄前記得把大樂透中獎號碼告訴他。」

「……滾。」東風覺得自己幹嘛要多問這句。

「是說你們怎麼沒有去查筆仙的問題呢？現在全世界都在報導筆仙車禍案，很夯喔。」

嚴司比較意外他們居然都沒去弄一套筆仙來研究，基本套路不是應該要跟筆仙聯絡感情之類的嗎？他還很期待想問使用感想和後遺症耶。

「都知道哪裡死誰和有誰了，查個屁筆仙。」東風甩了一記白眼過去。

「哎，搞不好他們請到的是路過的啊，不是原住戶。」嚴司覺得有這種可能，這些異世界出入口的遊戲不就是都會聚集附近那些玩意嗎？接著被鬼追到最後，會發現是惡靈還是撒旦的部下，就得去找驅魔師了，剛好中西合併。

「你好好地看一次影片就知道了。」東風不耐煩地把影片丟給對方。

嚴司看了一會兒就明白對方的意思。「其實什麼都沒有請出來嘛，是那個洪同學手在動。」雖然看上去很像眞的請到什麼，只是他們這些看多了案件的人很快就發現是某人在悄悄施力，所以那晚的筆仙實際上是人爲的，沒有參考價値，反而是「多出來的人」才是眞正要追查的。

「洪學長是受傷最嚴重的人。」林致淵嘆了口氣，八人車禍當中，首當其衝的就是洪仁瀚，現在還在加護病房，幸好狀況已經穩定下來，再觀察幾天就可以轉至一般病房。

「所以比較奇怪的是被捲入的張建昌和學弟的學弟吧。」嚴司憐憫地看了眼倒楣的學生。所以說這年頭人眞的不要太好，做好事還會被牽連，差點一腳跟著高空彈跳。「學弟的學弟還可以解釋是後來去鬼屋被纏上了，那麼張建昌是爲什麼？」

「這也是我很疑惑的點。」從一開始林致淵就不解，爲什麼是張建昌？他們那晚明明都一起行動，除了回去後他和趙銘離開，難道是還有什麼事情沒說嗎？

「大學生會做出什麼事眞的很難說，搞不好有隱情，你們還是重新和那兩人確認吧。」

嚴司起身去翻點東西吃，拿著水瓶和罐裝飲料再走回來時，臉色有點微妙。「小東仔，那個姓沈的又來了，我瞥到在外面徘徊，已經走人了。」

「別管他。」東風想到最近常來工作室的外人，有點煩躁。

「該不會是看上被圍毆的同學，找工作只是個藉口吧。」嚴司嘖嘖了兩聲，開始胡說八道：「這不科學啊，論外貌，應該是先看上你然後小聿，最後才會輪到被圍毆的同學。」

東風猛地抬起頭，微微瞇起貓一樣透光的眼睛，露出沉默的殺意。

然後嚴司這次眞的安靜閉嘴了。

「小淵找到了。」

虞因鬆了口氣，偏頭看著開車的聿，把群組中人已經安全的消息唸給對方聽。「東風找了嚴大哥幫忙，現在人在工作室裡。」

離開了租屋，他們原本要往醫院方向去，但路上突然收到仲介黃小姐打來的電話，說房東願意和他們談，不過要他們立刻過去，不然時間過了房東可能會改變主意，於是他們在聯絡不上東風的情況下，只好先找阿方代爲過去幫忙，車子轉往仲介提供的地址。

怪的是阿方雖然到了醫院，但也沒碰上東風和林致淵，上上下下找了幾次，院內的人都說沒看見他們，可能先行離開了，差點就驚動稍早在那邊調閱保全錄影的警方……好吧，正要驚動借看監視錄影時，東風就傳來找到人的消息，阿方見沒有自己可插手的地方就先撤走。

東風發在群組的文字有點長，虞因盯著手機逐字唸給開車的聿聽，不時加入自己的話：「懸賞金這件事眞的沒聽過，阿方他們去查了。」他看見一太和阿方已經在群組內回應會去調查相關事情，另外也詢問到幾位當年可能有幫張譽銓做作業的同學。

有趣的是，當年幾位女孩口徑很一致，她們是樂於幫忙張譽銓，沒有被強迫也不是基於想要回報，她們就是覺得張譽銓人很好，而且也很忙，所以看他焦頭爛額的樣子，在狀況允許下幫他做些作業，很尋常。

她們也知道張譽銓有女朋友，很可能大學畢業就要結婚，羨慕歸羨慕，女孩們倒也沒有硬要男生考慮腳踏多條船，說白了其實就是保持在一個比較好的女性朋友關係的狀態而已。

虞因繼續往下看，然後露出詫異的表情。

「怎麼了？」聿在紅燈前停下，注意到對方的神色。

「東風說現在的房子和老照片裡的房子有微妙的不同。」剛剛才從屋子出來的虞因整個驚訝，因爲東風提到的他完全沒發現，看起來聿似乎同樣沒注意到，否則聿應該會說。「他說比起老照片，現在房子大廳裡的地面與一樓的雜物間牆壁明顯有增厚，你知道嗎。」

聿搖搖頭，其實他在屋子裡時精神幾乎都擺在旁邊這位身上，前科太多了，他擔心轉頭這傢伙就會蒸發，畢竟他們是踏在案發現場裡，不知道什麼時候會出狀況。眞的要說，這次全身而退，進去到出來完全沒發生事情還比較讓他疑惑，他都做好了要把頭破血流的人拖出屋子的心理準備。結論，他就這樣沒有仔細注意房子和照片相異之處。

「時間點不太一樣，老人家們年輕時的客廳地板和陳炅彬小時候的相較下略厚一點，只有客廳的有變，後面廚房和玄關沒有；接著是現在的雜物間牆壁比其他老照片裡的牆壁厚了些，而且只有厚某塊部分……你說挖地板會不會被仲介掐死？」虞因覺得有點棘手，地板加厚可以說是加了木地板或是其他新材料做裝潢，但是牆壁特別加厚又是什麼理由？而且只加厚了那兩處，怎麼想都讓人覺得奇怪啊，而且時間點還不同。就算老屋翻新也應該要把不同厚度的位置修平整合吧？

「你等等可以問房東。」聿直視著前方越來越黑暗的道路。仲介給他們的地址須跨縣市，幸好不算太偏僻，出發前查了地圖，是在住宅區裡，周遭也有正常的生活環境和機能，便利商店與各種小店少不了，甚至還有家小吃店是網路推薦美食。

虞因看著仲介傳來的地址與房東名字——「陳歆」。

「這麼多年，他還是持有屋子，不斷在出租，眞奇妙。」盯著這個名字，他有點感嘆。原本以爲房屋很大機率會轉賣，或是由親戚管理，結果根本一直都是當年的倖存者擁有。問了仲介對方現在的生活狀況，仲介直接避而不談，只說他們去了就知道。

兩人在休息站買了點東西充當晚餐，在車上咬著不怎麼好吃的捲餅時，虞因隨手點開高戴凡的頻道，上面有支前陣子才上傳的新作品。「現在學弟都好強啊，自己作詞曲拍微電影，水準還很高，看來他的點閱率不是白來的。」看著追蹤人數，他嘖嘖了兩聲，順手就播放了最新的那支影片。

直到這時他才注意到原來高戴凡也去過租屋取景，學生經費有限，於是資源大多都從周遭找，其中有幾幕畫面其實讓人看得不是很舒服。

歌曲是採用「鵝媽媽童謠」下去作爲副歌新編的，虞因以前在學校時也聽過不少這類東西，主要是設計系的同學各種元素都會嘗試，不管恐怖靈異還是血腥都有人喜歡，所以常常可以接觸到五花八門的怪東西，再加上同學們特別喜歡問他看得見的事情，之後幫他惡補類似的故事。

音樂一開始是比較舒服的鋼琴聲，水晶音樂的風格，接著逐漸加入陰森的主旋律，開始帶入了劇情。

一開頭，是個小女孩在床上抱著她的兩個玩偶，天眞地對玩偶唱著異國語言的歌謠。

早安小貓咪，你今天睡飽了嗎？

沒睡沒睡。

是壞孩子，必須讓你好好進入夢鄉。

早安小狗狗，你今天吃飯了嗎？

沒吃沒吃。

是壞孩子，必須讓你好好塞滿食物。

早安我自己，你今天會幸福嗎？

唔嗯嗯嗯……

做好孩子，必須讓我好好得到幸福。

門口可以看見她的母親正在對她招手，女孩抱著玩偶，蹦蹦跳跳地迎向母親。

接著畫面一轉，女孩在屋內摀著頭尖叫，父母正在大聲指責她，雖然這些爭執的聲音沒有錄入劇情中，而以音樂帶過場，不過還是可以藉由肢體語言看出一家人的吼罵非常激烈。

女孩的布偶被撕碎，母親在屋外點了一把火，將破碎的玩具燒成灰燼。

女孩逐漸長大，在職場上認識男性、結婚，遭到出軌背叛，於是離婚，只能帶著腹中的小孩走回老家。

這些情境過場得很快，短短幾秒數幅畫面就表達完她短暫的美好時光。

年老的父母冷淡地看著她，將她那些花俏的衣物燒成灰燼。

她看著自己原本的房間，那些喜愛的事物已經都沒了，只剩下大量大量的黑灰，象徵她所愛的一切事物全都被周遭的人一一焚燬。

曾經那個深信不疑的世界，慢慢地將在眼前崩毀。

你問那是什麼時候發生？

過去是如何？

將來會如何？

我無法對你訴說，因爲對於他人的信任早就瓦解……

他是父親，她不是母親。

我是孩子，我不是孩子。

他不是父親，她是母親。

我不是孩子，我是孩子。

我能得到幸福嗎？

今天的我依然是個好孩子。

女孩撫著隆大的肚子，緩緩地微笑，然後執起工具箱內的斧頭，轉身走出房門。

門關上了，童謠被唱起。

Lizzie Borden took an axe,
Hit her father forty whacks.
When she saw what she had done,
She hit her mother forty-one.

房內什麼也看不見，只能聽到歌聲，以及外面傳來一次又一次砍剁著什麼的沉重聲響。

最後鮮血從門下方的門縫緩緩流出，畫出了一張笑臉。

劇情就在這裡結束。

「有點毛骨悚然。」虞因吐了口氣，伸手去拿飲料架上的茶水。「房屋外面是在那棟租屋拍攝的，還有拍到點奇怪的東西。」

因為聿在開高速公路不方便讓他看，虞因只能自己倒回畫面，固定在那一秒。那是女孩重回老屋的過渡場景，也是整個片子唯一拍到完整租屋外觀的地方，大約兩、三秒，但就在這幾乎眨眼就過的背景中，二樓某個房間窗戶內的上方出現一雙腿，從角度上來看，是有人掛在天花板，若隱若現地在空中慢慢晃動著。

其他看影片的人當然也發現了，不少人都說出現靈異事件，有部分人說這是拍攝者的構思，代表影片中的少女之後可能讓自己上天堂了云云。

如果說這影片是在其他地方拍攝的還好，但偏偏就是在租屋那裡取景，虞因怎麼看都覺得很詭異，再加上他們現在知道的兩件凶案，就更讓人有點不舒服了。

聿轉動方向盤下交流道，這時導航顯示到達目的地大約剩十五分鐘左右。

□

陳歆的住處是一棟只有一樓的矮房，看外貌原本應該是要作爲店舖使用。

他們到達時，遠遠就看見仲介黃庭珊在門口朝他們揮手。

「陳歆要求房子只能一層樓，不要任何樓梯，最後搬到這裡來。」黃庭珊邊按門鈴邊解釋：「老人家們生前在世時手頭還有點棺材本，不過不算多，喪事由一些親戚和好心人出錢處理了，沒動用到那筆。成年後他離開親戚家，在外面找地方住，因爲只要棲身又不要樓梯，找鄉下地方比較便宜；十幾坪老屋比起用租的，我建議他用分期的買，至少不會被趕出去，老人家和當時善心人士捐款留下的餘錢正好可以付掉大部分屋款；現在租屋的錢就是補貼他的生活費，他也過得很拮据，主要工作是在網路上幫人做點小東西還有什麼遊戲代練服務那種，勉強餬口，等等進去千萬不要露出奇怪的表情。」

感覺仲介好像是在給他們打預防針，虞因和聿對看了一眼，各自懷著點疑惑。

很快地，屋內有人應聲，這時仲介居然自己從手提袋裡拿出鑰匙，主動打開屋門，同時一股臭氣飄出來，那是種物品放置過久腐敗的臭氣，經年累月堆積在屋內，與霉味揉混在一起，變成了難以形容的恐怖氣味。

虞因下意識皺起眉，還好下車時仲介讓他們戴好口罩，減少了一點衝擊。

門打開後可以看見屋裡相當黑暗，四處堆滿了雜物與垃圾……有可能全都是垃圾，很多宅配紙箱和打包的塑膠袋隨處高高疊起，最下面的已經壓得發黑不見原形，覆滿了髒污和灰塵，不時還可以看見衣魚、小蟲、小蟑螂在裡頭鑽來跑去。

他突然知道爲什麼仲介要讓他們做心理準備了，一般人看到這狀況可能眞的會被嚇到，不過虞因也不是第一次看見類似現場，倒沒什麼太大的反應，就是味道眞的很重，有種行走在垃圾場裡被四面八方腐敗物品包夾的感覺。這時他開始佩服起走在前面帶路的房仲，大概是習慣了，房仲面不改色地帶他們走垃圾比較少的小路，她也滿不容易的，要在這個環境接觸房東，幫他租出去的又是發生凶殺案的房屋。

房屋內部格局很簡單，畢竟本來是要營業用，只有外面一個店面大廳，後面一衛浴一簡單的廚房，與一間房門緊閉的臥房。

房仲打開燈，可以看見廁所、廚房也有不少垃圾，屋主大概是偶爾會使用，所以比外面的慘狀乾淨了些，至少沒堆滿垃圾。

陳歆才三十吧？

虞因有點唏噓，年紀只比他們大一點的人竟然過這種生活，自己最近還被弟弟養得都變重了。

「還是應該要開始吃減肥餐了。」他感慨地低聲告訴身邊的兄弟，然後收到對方一記莫名其妙的眼神。

沒發現後面兩人在幹嘛，黃庭珊打開通風窗，接著敲敲房門：「陳歆，那兩人來了。」

幾秒後，房門打開了一條縫，上面有防盜鎖鏈，屋主並不想讓他們進去。

隱隱地，虞因看見房內很暗，可能只有開電腦那邊的檯燈，螢幕光閃爍個不停，背景聲好像是遊戲，沒看見屋主，房內也堆了不少物品，不過比外面好點。「不好意思打擾你了，我們想詢問你在中部那棟老房子的事情……」有過和早期東風剛認識的溝通經驗，他把聲音壓低，讓自己顯得沒有攻擊性，順手把剛剛在路上買的一袋飲料點心遞過去。

門縫內伸出一隻手，雖然不像以前東風那種皮包骨，不過也很瘦，手指上有長久沒有清洗的污垢與菸灰。對方就這樣把食物接進去，接著才傳來幽幽的聲音，有氣無力的，不太大聲，不過也足夠聽清楚：「要問什麼？」

是年輕的男性聲音，大概是長期作息不正常和抽菸，所以很沙啞。

「我有些朋友在那棟房子看到不該看的東西，不知道你有沒有看新聞，最近八名大學生車禍事件。」虞因在門邊蹲下來，他注意到門後有影子晃動，對方大概也是蹲在後面，打開了一瓶飲料發出聲響。「我也不跟你扯東扯西了，你知道房子裡面還有『那些存在』嗎？」

門後沉默了半晌，冷冷傳來：「我有必要告訴你嗎？」

「我朋友被纏上了，須要幫忙。」雖然不知道林致淵為什麼被糾纏，虞因很認真地說：「所以有些事情可能要從頭查起，那房子裡面一定還有什麼事情沒完，你……」

「沒什麼好說的，我不知道，當年的事情就是那樣，新聞怎麼寫的就是怎麼寫的，那男人瘋了殺死爺爺奶奶，其他的我都不知道。」冷漠的語氣拒絕多說些當年的訊息。

虞因想了下，他覺得對方講話還滿清晰有條理的，雖然看上去沒怎麼出門，不過藉由網路應該還是知道不少事，在虛擬世界中八成也經常聊天，所以溝通起來意外地正常。「是這樣的，我要問的是新聞裡沒有講的事，那房子裡面還有另外一個人對不對？不是只有你爺爺奶奶、父親，還有一個人！」

房內哐的聲，似乎是飲料瓶掉落，接著是一片可怕的寂靜。

過了好幾分鐘後，才又傳來聲音：「我……」停頓了片刻，「黃小姐，不好意思可以請妳先迴避一下嗎？」

「喔好。」黃庭珊倒是很乾脆地直接離開屋子。雖說迴避，不過這屋內太髒亂了，還不如直接迴避到最外面。

房仲出去後，虞因聽見房內又傳來連串聲響，大致上是翻找東西然後某些東西倒塌……

諸如此類的動靜。

「……爲什麼說還有一個？」房內的陳歆說話聲音有點距離，還在搬動物品。

「這個，實不相瞞，我稍微看得到一點東西，如果你相信有那個世界的話。」虞因想想，盡量簡化說法，講重點：「我在那屋子裡看過很多鍋子和桶子，有人在煮動物……和人類，這屋子有記錄的一共只發生過兩次命案，我想問你知不知道曾經有人在那邊被煮過？」

說眞的，這樣跑到陌生人家直接劈頭問「你知道你家有煮屍案發生你曉得嗎」，正常應該都會被轟出去，不過虞因想到稍早林致淵發生的事，覺得還是必須快點解決。

一疊東西從門內被推出來。

「？」虞因接過那些散散的物品，發現又是一些照片，以夾鍊袋裝著，相片內的人物穿著有些年代但相紙卻很新，似乎是近年才數位輸出的相片。裡頭有張照片是個陌生年輕女人，除了一張獨照，其他都像是公司或同事出遊的相片，人數很多，但都有那個女人。「這是……？」

「我母親，如果你『看見』了，那就去看更清楚點，是不是她。」陳歆冷笑了聲：「當年法師去招魂，說房子處理好了，爺爺奶奶和那垃圾的魂都安好，看來也是騙錢的，幸好不是我的錢。」

「你母親不是將你交給你爸後就失蹤了嗎？」虞因解釋了下他有先去查過當年的些許相關背景。

陳歆再次陷入沉默，約莫兩、三分鐘才重新開口，同時又打開一瓶飲料。「我從小……從懂事開始，就一直聽我爸對我說，不聽話就送你下去找那婊子。」

「……！」虞因怔了下，猛地想到老照片上那表情陰冷的孩子。

「他說賤女人做鬼了也不安分，我就是個鬼生的雜種，沒死算我幸運。」陳歆的聲音越來越沙啞，帶著一股怨怒，連飲料瓶也被捏得喀喀響。「……他們都該死……連死了也要影響我的未來……現在看我變成這樣，他們應該很滿意了吧……」

「陳……」虞因聽著開始變得不穩定的話語，正想開口說話，立刻就被打斷。

「不用安慰我，以前來過很多社工，一直要我從這裡出去，才能改變自己的人生……」

「……可是我出不去……人看起來都一樣可怕……他們怎麼能保證每個人都是好人……這世界哪有快樂又安全的地方……」

「我的人生早就破滅了……從出生開始就毀了……」

「當年的事情對陳歆影響很嚴重。」

黃庭珊站在車邊，看著出來的兩人，嘆了口氣：「他嚴重排斥與人接觸，不過網路倒是還好，平常我也會用通訊軟體和他聊天。」

「他完全不信人啊。」虞因思考著剛剛的對話，把自己關在房間裡的男性比起當年的東風更拒絕外界，東風還會想要接觸人，雖然絕望但又還抱持著某種期望，那個房間裡的人則是萬念俱灰，可能已經把全世界的人都當作像他父親一樣的凶手了。

「對，他也有很嚴重的樓梯恐懼症狀，當年收留他的親戚家在公寓三樓，沒有電梯，他在那裡幾年硬是不肯出房間，收留期間從公寓樓梯上下的次數只有四次，他搬去那時一次，搬離時一次，親戚強迫他出門、他在樓梯上嚇到昏迷被送醫一次，從醫院回來又一次……不過那次是社工矇著他眼睛把他揹上去的。」房仲看了看房屋，有點憐憫。「他覺得他在樓梯上會死掉，只要一看見樓梯就開始發抖，還會喘不過氣，那房子窗戶很少，他也一樣討厭窗戶，沒樓梯那麼嚴重就是。」

「沒有治療過嗎？」虞因下意識看往幽暗的房屋，覺得很不忍。

「有，但是成效不大，只讓他比較沒那麼討厭窗戶，起碼住在裡面不會把自己悶死，樓梯完全無解。」黃庭珊聳聳肩。「這小孩人生是眞的毀了，那房子出租的事情，我當成做善事在幫他，不然還有誰會管他。」

虞因適時送上幾句讚美給房仲，反正說好聽話不用錢，可以多講幾句，人家眞的也是在幫忙，但出租鬼屋還是有點缺德就是。

看陳歆應該是不想再見人了，兩人只好和房仲打過招呼，先行驅車返家。

□

「就算那房子眞的還死過不在記錄中的人，那也說明不了小淵和張建昌被纏上的事。」回程換手開車，虞因按著方向盤咕噥著，副駕駛座的聿正在翻看資料和群組訊息。「張建昌和趙銘到底做了什麼，以至於被針對？」

「這個好像問出來了。」聿看著群組上的最新消息，然後打開了群組會議功能，很快就有幾個人加入，是一太與林致淵，林致淵和東風在同個地方，看背景是他們工作室的休息房間，不過沒看到嚴司。

邊開著車，虞因先把剛才和陳歆的會談說了一次，聿也鉅細靡遺地把記得的對話一字不漏地敲上群組，順便把那些照片一起上傳。

「關於張學長的事……」臉色看起來好了不少的林致淵從床上爬起身，半躺著說道：「我剛硬是追問了他幾次，他才說其實當天我和戴凡學長離開後，他和趙學長沒有馬上回家，原本預計要送趙學長回去，不過趙學長說了不少他們玩筆仙和凶宅的事情，後來兩人不知道在想什麼，就跑去租屋那裡繞了一圈。」

「……你學長要不要那麼靠夭啊。」虞因感到很無言，眞不愧是大學生會做出來的事，他才剛脫離，莫名又感到親切與懷念。這種找死的行爲還眞的很多人會幹！

林致淵無奈地笑了聲：「那晚謝學長睡了，他們沒辦法進去，只在外面轉兩圈，張學長好奇地趴窗想看看屋內感受鬼屋的氣氛，所以繞到後院試圖觀看裡面狀況，後來不小心撞倒雜物，兩人怕吵到附近住户就離開了，因爲有點作賊心虛所以他們不敢亂說，大概是那時候無意間被跟上了。」接著回去就發生跳樓事件，開啓了醫院副本。

「愛找死就會一直死。」坐在一邊的東風吐出評語：「智障死好。」

「我們都是喜歡冒險的年紀，這也沒辦法，學長們只是比較追根究柢而已。」林致淵咳了聲，有點好笑又不好意思眞的笑出來。「話說回來，有可能屋內地板裡眞的藏屍嗎？」

「不好說，得實際動手才知道。」一太冷靜地開口：「陳歆那邊，如果他願意讓你找，只要請他寫好同意書，我有人手可以直接挖開看看。」

「嗯，我會再跟他談談，取得同意。」虞因想了想手機上的聯絡人，幸好剛剛陳歆願意和他交換號碼，也加了好友，大概是眞的想要讓他去找，再把結果告訴他。

「當年所有家具都被處理掉了，我們回追當時受雇的清潔公司，雖然倒閉了，不過老員工還記得經手過。」一太低下頭，翻看著手邊的訊息：「唯一倖存的活口因爲精神打擊過大無法處理事物，所以是親戚代爲處置，只拿走了些許用品和值錢的物件，剩餘的家具全數銷毀，連那尊神像也都燒了。」

這時候突然感到一太的情報網有點可怕。

虞因內心抖了抖，覺得短時間內找到倒掉的清潔公司和老員工也不是一般人可以做得到的，交給警方可能也必須花不少精神。

「如果要挖隨時都能調到人，但是我有種感覺，最好是找警方一起來挖，這部分你就和你父親們溝通吧。」一太支著下頷，淡淡地說：「若是下方眞的有什麼東西，至少第一時間有人能處置證物。」雖然也是可以請警方申請用儀器掃看看，不過這種沒根據的事情果然還是先挖出來有證據之後比較好處理。

「好，我會請大爸幫忙。」虞因邊說著邊讓聿把狀況傳給還在警局的虞佟，然後自己做好回去又得挨訓的心理準備。「喔對了，剛……」

話還沒說完，他猛然一驚，直覺轉動方向盤、踩下煞車，車輛瞬間扭側打滑，差點整輛甩出去。

沒有預料到突發狀況的聿重重往車窗一撞，手上的平板飛出去砸在擋風玻璃上，沒看見螢幕上頭其他人詫異起身的畫面與喊他們的聲音。

幸好他們回程時間很晚，幾乎已經深夜，這段公路沒有其他車輛，才沒被後方來車連環追撞。

聿沉重地喘出一口氣，身體被安全帶勒得差點斷掉，頭也因為撞擊發出陣陣疼痛，安全氣囊不知道爲什麼沒有作用，他在幾秒後才恢復意識，第一時間立刻轉頭去看旁邊的人。

虞因是在安全帶被解開時才醒過來，渾身劇痛，幸好沒被甩出車外。「喔靠……」

「沒事，你先別動。」聿忍著痛，小心翼翼地把椅子放平，然後自己爬到駕駛座上，先把車輛移到路肩停放，打出故障燈，避免遭到追撞，等到車輛安排好，他才把虞因拉到後方座椅上，邊在群組報個平安，邊拿出紙巾幫對方擦掉一臉血。「發生什麼事了？」

「陳歆他媽……陳歆他的媽媽掉到車上……」虞因覺得整個嘴巴都在痛，他當下咬到舌頭，現在一嘴全是血，還莫名狂冒鼻血。

「掉？」聿有點不解這個形容詞。

「整坨的……」虞因被灌了一口水，漱口吐掉血塊後講話才清楚許多。

他剛剛瞬間看到一大堆血肉糊到擋風玻璃上，不是斷肢也不是軀塊，是那種泥狀的血肉，當中一張女人鮮血淋漓的臉與他對視，因為太過於突然，導致他反射性轉動方向盤和煞車，如果車流多一點，他和聿現在可能就在救護車上了。「我最近不想吃肉燥了……」

「陳歆的母親沒道理要害你們。」一太的聲音傳來，他似乎還撥了其他電話，一邊轉頭過去不知道在交代什麼。

「我也不知道，視覺衝擊。」虞因還有點餘悸猶存。

「學長我已經幫你們叫了救護車，你們……」

林致淵的話還沒說完，高速公路上再次出事。

這次是對向車道，而且略有距離，遠遠聽見了驚人巨響，轟隆幾聲後才逐漸平靜下來。

□

「被圍毆的同學他們如果那時候沒停下來，現在可能人在停屍間了。」

嚴司放下手上的電話，看著休息間裡面兩個小的，和他們的群組小圈圈，說：「對向發生嚴重車禍，聯結車翻覆衝進對向車道，整個護欄都撞飛了，幸好駕駛還活著，現在送往醫院搶救，初步判定應該是精神不濟，車上有一大堆提神飲料的空罐，駕駛妻子說他們在趕交貨，公司廠商催得很急，丈夫已經兩、三天沒什麼睡覺了，都只瞇一、兩小時就上路，差點眞的『上路』。」

「所以那確實是陳歆的母親嗎？」東風看著照片上的女人，很年輕，應該才二十多歲，這點和查到的資料上說法差不多。如果虞因看見馬上就能認出來，顯然女人沒有改變太多，也就是她在失蹤後就死了，時間間隔並未太久。

陳炅彬殺了她嗎？

多年前將女人殺害後小孩帶回老家，若是虞因和林致淵遇到的狀況沒有錯，那就是家人一起幫忙處理了屍體。

「不過正常家庭可以這麼心裡無障礙地做到煮屍嗎？」東風看著旁邊的繪圖本，那是根據兩人的說法構畫出夢境裡的場景，有意思的是，他把虞因和林致淵兩人的分開畫再分別給他們確認，最終出來的圖幾乎一模一樣，只差在林致淵的沒有人。

這兩份圖稿和隨後找到的老照片，在屋內構造上完全相同，絲毫不差。

「所以我說大師不是不出手，一出手就是陳年冤案。」嚴司嘖嘖著拿起繪圖本，很有興趣地翻看。「我還是覺得陳炅彬的死滿有意思的。」

「他其實不是掙扎扭打中意外被砍死的吧。」東風想了想，默默嘆口氣。

「對，我們和玖深小弟、阿柳一起研究過了，加上當時呈現的現場環境，還原一些狀況，加上我們自己非官方的私下猜測心證，比較有可能眞正的情形是這樣的……」嚴司將繪畫本翻頁，後面是租屋全部的格局圖，很精細地繪製了案發時的原本格局與現在租屋的格局。他把手指按在一樓大廳。「前面兩個老人家的死法和當年調查出來的一樣，沒有異議，不一樣的是陳歆返家後看見屋內慘況，他應該一度有機會馬上原路撤出，那窗戶不小，後來打起來他無法逃是因爲陳炅彬摔出家具擋住窗口。」

「很可能是因爲看見現場狀況嚇呆了吧。」林致淵捧著暖呼呼的馬克杯，試圖思考當下的情境。才十多歲的小孩回了家，看見兩具猙獰恐怖的遺體，短時間內反應不過來也是人之常情。

「或許吧，不過這位陳同學反應很快，他當場就從廚房拿了菜刀防身。我們看過廚房的現場照片，菜刀原本放置的地方是櫥櫃裡的菜刀架，那把刀不是陳家平日慣用的刀具，似乎是案發前兩、三天老太太上市場時被人推銷買回來，所以拆封後一直收納在櫥櫃裡。但刀架沒血跡，非常乾淨，也就是說當時開櫥櫃拿菜刀的人沒有受傷，甚至沒沾到血跡，這和陳炅彬殺了兩人後去拿菜刀殺孩子的描述顯然不符合，照理說，如果他一開始就拿刀，也沒必要把老人們用砸得砸死。」

「最有可能就是陳同學返家看見慘況後，第一時間去拿菜刀……姑且說他防身吧，所以那地方沒沾血。我們推測陳炅彬從頭到尾都沒有主動開櫥櫃拿菜刀，刀架直到最後滅團都沒沾血，在場只有一把菜刀，兩人都有用過，手上一樣有刀傷和防禦傷，是打鬥時互搶互砍的結果。」嚴司頓了頓，想起他前室友嘆氣搖頭的樣子。「所以配合他自己描述的，他回家看見慘況，下意識想逃時他父親就衝過來要殺他，這個反應時間其實很短很短，陳炅彬一發現他就馬上衝過去，當下陳歆沒來得及逃，是因爲他進屋看到慘事後，做的第一件事是去櫥櫃拿菜刀。」

「……如果是這樣，那麼陳歆有機率是當下直接起了殺意，陳炅彬又被他取刀的動作刺激到，兩人才會扭打得那麼激烈。」東風看著女人的相片，思索了幾秒，說道：「假使陳歆從小就知道母親被殺害，那照片上的樣子就不意外，他對這家人顯然也抱持某種恨，直到陳炅彬動手那天一起爆發。」

「對，玖深小弟也說現場打鬥的規模太大了，幾乎是整個一樓都被砸毀，連當時是房間的儲藏室都沒有放過，二樓也有不少東西被砸爛，這樣不符合受害者想要躲避逃離的模式，比較像兩個人都凶性上來才會打成這樣。」嚴司點點頭，「只是當年陳歆年紀太小，案後不記得事發過程，精神也極度紊亂，承辦人員主觀覺得是陳炅彬發瘋滿室追殺他，加上兩老遇害在先，就這樣定論了。」

「不過確切的眞相，只要他本人不開口，永遠都沒辦法百分之百證實吧。」東風冷淡地笑了聲。再怎麼說，這也是十五年前的案子了，現在回溯的這些人很多部分也都是拼湊推測的，當年現場蒐證並沒有很齊全，案發後鄰居和來救援的人來人往早就破壞不少跡證，眞實如何，也只有當時的陳歆自己知道。

「再怎麼說，我們只靠這些舊照片和記錄檔案推演嘛，與事實還是有差距的。」嚴司不以爲然地笑了笑，和玖深不同，他倒沒有想要追根究柢去好心幫陳炅彬申冤是不是被兒子宰掉的，更別說那玩意現在還在作祟呢，請人幫忙態度至少也要好一點吧。「不過就像稍早時說的，我可以確定陳炅彬被掐時，他還活著，絕對不是死後傷，他們千辛萬苦一路打到二樓去，一個十五歲被打斷腿的小孩能辦到重傷爬上樓把他爸推下去，他爸又意外拿刀自己把自己劈死，小孩事後發狂爬下樓對屍體補刀，這種事情我是不太相信啦。」

「但是十五歲的青少年與成人扭打至二樓，最後腿部受傷把對方推下樓並追殺下去，掐著成人的脖子朝他頭上砍下致命一刀，然後再砍下其他刀，這樣也是很……可怕了。」林致淵搖搖頭，覺得不管是哪種眞相，說起來都很恐怖。而這些事情最後結果是一家四口死了三人，倖存者人生被毀，把自己永遠關在那段記憶的房間裡無法離開，連走出樓梯都會讓他想起最接近死亡的那一天，直到他壽命到盡頭之前都會不停重複這種生活。

嚴司看著若有所思的大學生，突然覺得這小孩也是個勞碌命，爲了別人的事情團團轉成這樣，感覺十分有潛力擁有一份好的工作。「同學，你對過勞死和爆肝有興趣嗎？我有一份適合你的保單，暴斃之後可以給你家人一點安慰和保障。」

「嗄？」林致淵被突如其來的問話搞得一頭霧水。

「不要理他！」

東風往智障法醫的腹部送了一肘擊過去。

虞因和聿離開醫院已是清晨的事。

兩人只是輕傷，所以救護車載去包紮一下傷口，讓他們留意頭部傷有沒有什麼影響，做完筆錄就放人回家了。

比較意外的是來接他們的不是虞佟或虞夏，居然是黎子泓。

「虞警官他們還在忙。」黎子泓看著一臉驚愕的虞因，主動開口解釋：「最近有複雜的案子，暫時不方便告訴你們詳情。」他也是看著群組，某法醫又在渲染異世界神蹟在改變新世界的途中遭遇非自然意外，他才幫忙走這趟接小孩。

「其實忙的話我們搭車回去就可以了。」虞因有點不太好意思，剛剛虞佟要他們在醫院等，怕他們搭車又遇到什麼東西跳出來，他還以為是家人來接，沒想到是檢察官來接，有種突然等級變高的感覺。

不過黎子泓這麼一說，虞因倒不意外，最近二爸的確很少回家，不然就是大半夜才回來，清晨又出門，看得出很忙。

「……還是我載吧，比較安全。」黎子泓不失禮貌地彎起微笑，根據經驗，很可能他們這樣一搭又不知道會搭去什麼地方，跑一趟會讓人比較安心，至少虞佟、虞夏那邊不用又分心傷神到處找小孩。

感受著不知道第幾次信用破產的悲傷，虞因乖乖地爬上副駕駛座，看了眼後座閉上眼睛在休息的聿，有點擔心對方撞到的腦袋。已經很聰明了，如果撞一下變得更聰明就糟糕了，弟弟變成外星人什麼的，想想就覺得胃痛。

黎子泓遞了紙袋過去，裡面是他來的時候在路上早餐店買的湯和粥：「如果可以吃就先吃點。」

虞因連忙道過謝，拿了熱湯出來，雖然已經變溫，不過香氣還是很足，他小心翼翼地喝了口，一邊覺得舌頭咬傷還是有點痛。

「挖地板的事情我幫你們安排好了，確定好我就和你們走一趟。」黎子泓看著半亮的天色，這時候路上已經開始有早起的行人，晨跑者與零星幾名散步去市場的老人家。「你有多少把握下面有東西？」

「這個……還真不知道。」虞因抽了張衛生紙按了按隱隱作痛的舌頭，喝湯果然又讓傷口冒出點血。「和以前一樣，只能確定屋裡有東西，地板和牆壁也只是推測，搞不好沒有。」他們所知的就是這樣，其實連牆壁和地板都只是東風發現不對，要說是證據也很薄弱，所以只能靠陳歆的屋主許可來動房子。

況且隱隱約約，虞因感覺到那屋子裡的東西滿懷惡意，很可能就是不讓他們碰屋子，所以才會對那些好奇的大學生下手，又或是冥冥之中那些存在有預感祕密要被挖掘出來，才會變得這麼凶惡……誰知道呢。

黎子泓點點頭，表示明白狀況了。「你先休息一下，阿司和東風在工作室，你們要過去那邊還是回家？」

「工作室吧。」虞因把湯放好，一天奔波下來又受傷也累了，喬了個舒服的姿勢閉上眼睛準備小憩。

看著兩個累壞的人，黎子泓打開音響，放出比較柔和的舒眠音樂，一路朝工作室奔去。

十五年前的舊案查起來不太容易，尤其是當年已經結案了，屍體和部分物品早被親戚們領回處置，屋子更是大大翻整過，幾乎沒什麼東西留下來，無證據也無證人，要走正規管道確實只能先找出真正的東西來才行。這時候警方的行動反而沒有一太他們這樣的民間私人活動方便。

不過如果嚴司和玖深、阿柳等人推測無誤的話，陳歆也未必是單純的受害者，而造成這家庭破滅的源頭很可能才正要被揭露。

趁著等紅綠燈的空檔，黎子泓拿了顆薄荷糖放到嘴裡提神，他們昨晚也沒什麼睡，畢竟要調查這些舊案跡證都得另外騰時間，不能影響到正常工作，所以是下班後幾個人自發性聚在一起研究卷宗資料。不過比起幾名與亡者團團轉的人，顯然辦公室的環境優良很多，至少累了可以閉個眼休息，不用被迫看到怪東西。

快到工作室時，他的手機傳來震動，直接接通到耳麥就聽到玖深的聲音。

「黎檢……我這兩天不是拿當年保留的一些數據重新比對整理嗎，然後發現了一件很詭異的事情。」

玖深大概也是熬夜熬到快要精神衰弱了，聲音有點飄忽。

黎子泓聽著對方的發現，慢慢皺起眉。

□

「學長他們到了。」

東風看著手機，伸腳去踢踢旁邊打瞌睡的人。

工作室裡不像家裡可以休息的地方很多，林致淵在休息室睡著後，東風就回自己的工作間看資料，不知道爲什麼不去小會客室反而賴進來的嚴司觀光一樣轉了一會兒就在旁邊的木台躺平了，趕也趕不走，看了很礙眼。

嚴司打了個哈欠坐起身，瞄眼時間，都六點多了，正好順便吃早餐。

等黎子泓幾人到齊，聽見聲響的林致淵也爬起床，就看見回來的幾人還眞的買了一大桌早餐進來，於是順理成章就在大廳小吧台處開起了早餐會報。

雖然是這樣說，不過也只是把已知情報交換整理一番，依舊得等挖開地板決定後續處理事宜。

幸好陳歆在這部分回覆得很快，當天上午十一點就傳來意願，當時嚴司跳出來承諾會幫忙恢復原狀順便幫他修整一下，所以屋主很爽快地簽了同意書轉交給房仲，黃庭珊拿著紙本過來給虞因等人，順口提了挖地要在現場代爲監督。

接著一太立刻聯絡人手，林致淵則通知了謝逸昇，幾乎風一般的速度決定好整件事情，當日下午四點直接在陳家舊屋開挖。

「這流程推進超快啊。」

嚴司看著不到三點就已經到場的工人和器械，然後看著正在和那些人對話的一太，用手肘推了推身邊的友人：「小孩子們越來越厲害了。」

黎子泓凝視著以前在案件中就讓他很在意的青年，當時是大學生，看起來還有點稚氣，現在則是完完全全有一種力壓他人的領袖感，即使外表並沒有非常出色，不過站在那邊可以一眼就認得出來這年輕人就是這群人的領頭，不管是工人或聞風來看熱鬧的大學生們都注視著他，很容易分辨。

相較之下，雖然也是繼承同等大學地位的林致淵就比較生嫩些，不過林致淵是屬於會讓周遭人慢慢以他爲中心聚攏的發光體類型，和一太這種天生擁有領導氣質、不可逆反的人又不同。

一太回過頭，禮貌性對黎子泓點頭微笑，然後走去往另邊正在和看熱鬧學生們說話的林致淵一搭肩膀，將學弟帶到工頭與幾名師傅面前互相介紹。

「一太眞的很喜歡小淵啊。」阿方環著手，看著已經被淨空的老屋大廳，差不多也要開工了。

「林致淵是眞的滿認眞的啦。」虞因在高中案件那時就與對方接觸過，雖然背後有他兄長的原因，不過近期和小孩子重遇後又覺得他也是滿熱心的，被捲進這種事情還沒打算把張建昌那夥人揍一輪，眞了不起。如果是那個姓陳的，他早就把對方暴打一頓。

說話的同時，虞因往二樓方向看去，只見黑影站在樓梯口，鮮血從階梯滴落，但屋子裡外外人太多了，熱鬧的氣氛沖散了那份詭譎，使那些存在一時半刻無法影響底下即將開始的作業。更別說那個謝逸昇拿了好幾個阿嬤的愛心平安符下來，往準備施工的機器上一掛，大剌剌地表示開工平安啥的。

另一邊，林致淵在和其他人打過一輪招呼後，發現高戴凡居然也到場了，身邊還有幾名跟著跑來湊熱鬧的學弟妹們。

「逸昇說鬼屋要開挖，消息被傳出去，很多人都很好奇。」高戴凡見旁邊還有幾名同班同學，冷淡笑了聲，讓林致淵等人知道爲什麼會有一票學生出現的盛況了。

到場幫忙的幾名員警拉出警戒線，讓學生們待在屋外，基於筆仙車禍的關係，還有好事的媒體在外圍徘徊，試圖把挖開地板的事情與筆仙連結在一起，等晚間發個吸眼球的新聞。

東風嫌外面太吵，直接窩到角落去，和聿蹲在不顯眼的位置研究設計圖，上面已經標註他們稍早分析出來有問題的結構與位置，也是待會兒主要開挖的地方。

「我去外面看一下。」虞因瞄到廚房後的窗戶有道黑影一閃而過，想起林致淵那兩個學長有跑去後院不知道幹了啥事過，於是打個招呼就往屋外走去，從旁邊的小徑繞到後頭。

陳家老宅原本在廚房邊有個後門，可以直通後院，後來要改租給學生時就把後門封掉，當年陳歆爬進屋的窗戶則是裝上鐵窗，現在前院讓學生停放機車，狹小的後院就堆一些過往學生們放置的陳舊雜物，經歷風吹雨打後有些雜亂，通常不會有人特意進入。

虞因一走過去就覺得手臂有點癢，這裡的廢棄物不知道堆多久了，幾乎沒有人來整理，不少細小蚊蟲四處飛舞，難怪前面一堆人看戲歸看戲，沒幾個走到這裡來。

環顧了下沒有異狀，正準備離開，他突然注意到層疊雜物底層的斷裂木椅下有個發亮的小物品。蹲下身把那東西弄出來看清楚，是個巴掌大的折疊鏡，外殼不僅陳舊還很骯髒，本來應該是閉闔的，但近期可能有人撿到或碰撞打開來，所以露出裡頭的鏡子微微反光。

正想把鏡子拿去前院清洗，虞因猛地看見鏡內的自己身後有張青紫色的臉，黑紅凸出的眼睛直接透過鏡子與他對視，差點把他嚇得失手扔出去。

迅速回過頭，後方什麼都沒有，但重新看向鏡子，那雙外凸的眼睛還是在看他。變形的臉非常年輕，大概二十出頭，是女性的面孔，而且還很眼熟，他們不久前才看過，只是照片上的還是活著的女性，不像現在這樣猙獰，眼鼻下都還帶有黑紅色血污，一條舌頭無力地掛在唇外，換個一般人來看可能會被嚇死。

「賴霈雨？」虞因小心翼翼地把鏡子慢慢拿遠，看見祂站在自己身後大概兩、三步遠，整個身體頹軟垂著，好像將全身都掛在脖子上。

青紫的臉看著虞因一會兒，並沒有回答他的問題，只是僵硬地緩慢轉動頭部，看往朝外的方向。

虞因跟著看過去，是往外的路。「祢要我去看什麼嗎？」邊這樣問著，邊重新看回鏡子，他發現那張臉已經不見了，而前方傳來施工的聲響。

下午三點四十，屋內的地板正式開挖。

收起折疊鏡，虞因翻出面紙包把鏡子裹了好幾層塞進腰包，然後快速離開後院，重新回到屋內。

動工的噪音很大，東風和聿已經躲得不見影子，被嚴司提示才知道是跑去黎子泓的車上休息，躲避施工音量。

「小淵呢？」虞因走到一太兩人身邊，隨口問道。

「二樓。」阿方指指上方，「小淵想再看看那個房間，所以向房仲借了鑰匙。」

虞因往樓梯上看，沒看見黑影，但還是給他一種毛骨悚然的不適，隱約可以感覺到那裡有某種東西徘徊不去。「我也上去看看。」

「等等，讓阿方和你一起上去。」一太盯著正在破開表層的地板，在巨大的聲響中放大音量說：「如果你又迷路了，沒辦法對你弟交代。」

「……」虞因摸摸鼻子，只好乖乖地帶著阿方一起往二樓走。

一踏上二樓，立即看見林致淵站在走廊處，還沒打開張譽銓失蹤前承租的那個房間，反而和另外一側的謝逸昇正在交談，不知道爲什麼，連高戴凡都在，莫名沒有遭到警方隔離在外面。

「你什麼時候溜進來的？」阿方挑起眉，盯著不該出現在這的高戴凡。謝逸昇還好說，畢竟他就住在這裡，所以被放進來沒什麼問題，不過剛剛拉警戒線時高戴凡確實是被擋在外面，他們竟然也沒注意到這人混到二樓。

「呃……我順路要拿設備借逸昇，所以剛剛逸昇把我帶上來的。」高戴凡站在房門內，慣例冰冷的表情多了抹尷尬。

「喔對，我昨天才跟戴凡借了小攝影棚，不知道今天會挖地，但急著要用，所以你們剛剛在忙的時候就把戴凡帶進來了。」謝逸昇連忙幫腔，然後抓抓腦袋：「應該不影響下面吧。」

「是不影響。」阿方微瞇起眼睛，來回打量了高戴凡一會兒，沒繼續說話。

林致淵看了看阿方，又回看向高戴凡，「學長你們叫住我幹嘛？」

「你要做什麼啊？」謝逸昇看著學弟手上的鑰匙，好奇地問：「要看『那個房間』嗎？虞學長在，會有東西嗎？」

因為語氣充滿了興奮和好奇，讓虞因有點哭笑不得，只能說：「不會有東西。」就算有他也不會說出來的，這種活像被當成稀有動物觀看的眼神實在太靠杯了。

「唉呦虞學長你就大發慈悲吧，你人那麼好，帶學弟們新鮮刺激一下，如果有拍到什麼，我們戴凡放到網路上增加點閱率，賺到錢可以請客啊。」謝逸昇眼巴巴地拿了手持攝影機過來，很渴望地看著傳說中的學長，非常希望自己可以成為見證都市傳說的一員。

「我就是人太好才會年紀輕輕一身坑坑疤疤。」虞因完全不想再建立什麼傳聞，特別是在鏡頭前。

「謝學長不要勉強虞學長了。」林致淵掛著微笑卡進兩人之間，順手移開攝影鏡頭，很有禮貌地開口：「有些東西是不能拍的，如果可以拍的話，虞學長也不會反對啊，不是嗎。希望謝學長體諒一下，否則造成不好的影響就糟糕了。」

「唔……」謝逸昇還在掙扎。

「學長總不會想要讓傳說中斷吧。」林致淵看了眼靠在門邊環著手，彷彿一切與他無關的高戴凡，心中琢磨了幾秒。「學長你就別拍了吧，等等如果樓下真的挖到什麼東西，我再幫你向警察大哥商量個位置，看能不能讓你拍些第一手畫面，如何？」

謝逸昇抓著頭髮咕噥了幾秒，才不甘心地點點頭。「好吧，小淵你要幫我要個最靠近的位置喔！」

「好的。」林致淵點點頭。其實這也算簡單，待會兒和黎子泓請求應該有很大機率是可以拍一點，畢竟謝逸昇本身就住在這裡，要是到時候挖出什麼，他拿著攝影機往樓下衝還是可以拍到東西的，沒辦法百分之百堵住他，還不如溝通好指定畫面不讓他隨便亂拍，也可以約定好放網路的時間與內容，比較不用擔心被亂七八糟講一通。

把謝高兩人塞回房內後，林致淵才回過頭吐吐舌，拿著鑰匙轉向無人的空房。

虞因和阿方對看了一眼，跟在學弟後面等開門。

□

「你不上去嗎？」

嚴司蹲在門邊，看著身側的前室友，往裡面二樓方向抬了抬下巴。「他們跑去挖掘新世界的大門了。」

「你去吧，虞警官等等過來，我在這邊等。」黎子泓看了手錶，差不多快到約定的時間了。現場的工作很迅速，大概是因爲人手多的關係，小小的一塊大廳來了一整組十多人在處理，可能會比預計的更快清整完指定區域。

「我是想去啊，不過工作比較重要吧。」嚴司拍拍膝蓋站起身，看著開始挖開的下層，水泥層異常地厚，而且初始結構曾被破壞，看樣子是經過後期人爲處理，同樣意識到不太對勁的師傅們也放輕動作，慢慢地向下清除，很快就露出一小角不應該屬於地板構造的弧度。

事先已溝通好的師傅們小心翼翼地把那東西周邊的碎石清開，立即弄出半個什麼出來。

不知道是不是因爲聽虞因他們所述，產生了既定印象，嚴司覺得那怎麼看都像砸凹後被水泥包裹的鍋子。

「我覺得還是呼叫玖深小弟他們好了。」眼尖地看見一小片灰白的東西從敲開的碎水泥中露出，嚴司直接制止師傅們繼續下挖的動作，接過那個被敲碎破出內容物的水泥塊端詳了幾秒就順手塞入證物袋，說道：「是骨頭。啊，不排除他們可能喜歡把吃剩的動物肉骨頭用水泥埋進客廳地底，但還是等玖深小弟他們來再繼續吧。」只是他覺得鑑識人員們大概會各種靠杯，這一片大概夠他們處理一陣子了，還不知道有多深。

一太見狀便請師傅們先上來休息，然後等警方調派人手，隨後走到廚房那邊傳了幾條訊息給車上的人。

黃庭珊憂心忡忡地走過來，看著一太說：「真的會有人埋在這裡嗎？」

「還不知道，等警方查驗吧。」知道房仲在擔心什麼，一太溫和地安撫著：「至少找到後可以處理，總比一直埋在這裡好吧。」

「唉……陳家的事情都那麼久了，到現在還沒結束，陳歆聽到這個消息後還不知道會怎麼想。」黃庭珊搖搖頭，邊把現場的事情以訊息通知陳歆。不管怎麼說，對方都是屋主，眼下如果真的挖出東西，這大廳應該要維持現在的狀態一陣子了。

「如果你們有門路或管道，還是找人把這片已經沒什麼人住的老宅買起來重新規劃建造吧，這樣陳歆至少還可以拿到一些賣地錢，總比房子拖著無用得好。」一太環顧著老屋，屋齡其實也不短了，若沒有進一步維護或整理，遲早會發生意外，更別說裡面還有奇怪的東西。

「其實周邊有些地早都談妥了，有建商想把這一帶重新整合規劃成學區特區，正好趕上捷運線翻一波，不知道會不會把這一帶也全收。」黃庭珊看著年輕的青年，很自然就說道：「我先前勸過陳歆如果有人要買就賣掉，他生活會好過一點，至少可以花點錢找清潔公司把他屋子整理整理。不過陳歆一直懷疑房子裡還有問題，先前只讓我拖著外租，如果這次眞的可以徹底解決陳家的事情，他應該就會脫手了。」

「所以你們一直觀察屋子狀況是因爲建商委託嗎？」

一太冷不防說了句，房仲大概沒想到他會突然提出這件事情，有幾秒沒有接上話，過了一會兒才訕訕地笑幾聲。

「妳找上小淵時對他說過有人委託你們，若房客有異狀要把情況告知他，會另外支付一筆費用。小淵當時直覺是房東或親戚，但房東是陳歆本人，他的經濟情形不像能做這種委託，親戚把陳家物品全都銷毀，說明對陳家發生的事不感興趣，這就說明委託者另有其人。」看著面露心虛的房仲，一太不以爲然地笑了笑：「這才是妳『無償幫助』陳歆的眞正理由。」

黃庭珊沉默了幾秒，面色有點不自然，思考半晌後才開口：「總是會有些人對獵奇的事情很好奇，我們房地做久了遇過很多打探的人，當然不少人會想花錢買點內幕，像陳家老屋這種有故事的房子吸引到想知道更多靈異故事的人也不奇怪。我個人是眞的很想幫陳歆，但公司那裡也要有利益交換才能長久幫他下去，所以拿故事換點手續費用，我想很合理。」

「陳歆應該不知道這件事吧，我認爲妳還是誠實地告知他才叫合理，陳歆才是眞正的房子主人，不須他人拿自己的財產擅自做主，他的生活不好過其中有個原因妳應該心知肚明，那些承租後逃走、連保證金都放棄的人不在少數，檯面上真正租屋的人數和我們調查出來的也不符合，連學生私下都知道這裡很多年前就已經可以用別的方式短期日租試膽……別將他感激的信任與足不出戶作為可以理所當然欺壓的理由。」一太冷冷說道。對於這種商人的利益性他當然很了解，原本懶得管不相干的人，只是不喜牽連到他身邊的人身上，還想混水摸魚利用他們探查，所以才開口警告對方他們都看在眼裡。

看著眼神瞬間變得銳利的青年，黃庭珊吞了吞口水，她沒想到這個看上去很乾淨舒服的人已經把他們的事情挖不少出來了，表情更加尷尬，不知道該說什麼來解釋。

「以後別在林致淵或其他人身邊偷偷摸摸，否則你們這些檯面下的記錄會出現在檢警桌上。」一太把最後通牒丟給對方，正好這時候手機響起，他適時結束話題，走去一旁接聽。

不知道那邊青年和仲介的冰冷對峙，專心在坑洞裡的嚴司擦掉手指上的灰塵，轉向面部表情嚴肅的友人：「總覺得很順利啊……大檢察官，要不要發表一下舊案新發現的感想？我個人的話是覺得好順啊，該不會後面要來個終結技之類的吧，真像暴風雨前的寧靜。」

「……不要烏鴉嘴。」黎子泓無言了幾秒，雖然他也覺得似乎太順利就找到埋藏的東西，但被這人講出來後，就好像真的會再發生什麼不好的事。

黎子泓的話才一說完，上方突然傳來巨大的爆炸聲，劇烈到連一樓都微微晃動，天花板被震落大量灰塵與蜘蛛網，灑落在底下反射性抱頭彎曲身體的人身上；待震動過後，幾個本來正在休息的人紛紛走避，連外面看戲的人群也霎時安靜下來，轟然作響之後，呈現的是一片詭異的靜默。

立刻有動作的一太直接竄上樓梯，三兩步跳上二樓，接著是反應過來的嚴司和黎子泓。

傳出爆炸的不是謝逸昇的房間也不是虞因等人所在的空房，而是另一間同樣沒人住、深鎖的套房，怪異的是，那聲音雖然很大，卻沒有把門板炸飛、也沒有起火，依然保持著深鎖的狀態。

「那是什麼聲音？」虞因從空房裡探出頭，正好和一太等人對上視線。「嚇到我們了，有夠大聲。」

「你們沒事吧。」一太走上前，看見阿方和林致淵兩人還在房裡，似乎正在剝牆壁壁紙，一點事情也沒有，另邊的房門打開，高戴凡和謝逸昇也是滿臉莫名地看著他們。

「沒事，聲音好像是隔壁突然空爆。」虞因搖搖頭，看見東風和聿幾人也衝上來，一夥人就這樣面面相覷，隨後聿轉頭下樓向房仲拿了房間門鑰匙，將那個發出巨響的空房打開。

本來以爲會在裡面看見爆裂物什麼的，但房間打開後卻沒任何猜測中的東西，甚至完全沒有被爆炸波及的物件，房間裡的功能床、桌椅全都安安靜靜地放置在原位，由地上的灰塵來看，一點移動都沒有，更別說有什麼強烈爆炸了，灰塵根本沒有飄動過。

黎子泓打開電燈，那瞬間房內突然飄出一股腐敗惡臭，積灰的地板上平空緩慢出現幾個印子，看著好像是一雙赤腳和兩枚手印，如同有人用手腳撐地這奇怪的姿勢朝向他們這邊。

「黎大哥躲開！」猛地看見房間內是什麼東西，虞因搶上前直接抓住門把用力將門關上，幾乎只差不到一秒，緊閉的門後傳來砰的一聲響，有某種沉重的東西撞上門板，惡狠狠地如同咒罵。

「什麼東西？」阿方接過手抓住門把，裡面有人正在瘋狂地轉動，想衝出來的樣子，舊式的喇叭鎖震動得很厲害。

「不要知道對你們精神比較好！」虞因連忙說道。他在那瞬間看到整團黑影像動物一樣撐在地上，滿頭黑紅的鮮血，血色的眼睛幾乎被覆蓋在其下，透出讓人不寒而慄的凶惡殺意。那並沒有針對誰，而是想要見一個殺一個，臨死前的瘋狂從死亡那瞬間完全被保留下來，發酵在扭曲的身上。「可能是下面挖開，它整個大抓狂了。」

見門快被扯得鬆動出縫口，林致淵趕緊幫忙抓住阿方的手，再次把門板關上。

「這樣下去不是辦法。」

阿方注意到喇叭鎖已經快要被拉壞，門後的東西力量不小，大有把門板一起扯下來的氣勢。還沒問到方法，突然瞄到又有個人從樓梯口跳上來，風一樣地捲來。

「阿兄閃邊！」

細白、穿著熱褲的長腿在阿方鬆手後退的同時踹上房門，挾帶著更凶狠的女性聲音——

「哩洗勒靠北靠木啊！擱給肖拎鄒媽就摺兄弟去挖你的墳嘎哩骨頭帕呼沖馬桶！」

門板轟地往後彈，重重撞在牆壁上。

瞬間所有騷動凶惡都沒了，房間重歸平靜，連灰上的印子都不在了。

虞因看著來救場的小海，給她一記大拇指。

「似乎趕上了？」

虞佟扶著樓梯走上來，看著快被擠爆的二樓笑了笑。「我剛剛在外面停車時遇到小海，然後就聽見你們上面的聲響。」

剛剛還在踹門的小海站姿立刻變得無比端莊，好像那個對鬼嗆聲的人不是她。「這都是緣……欸不是，一太哥叫老……我來的。」

「剛好都趕上異世界旅程，等等我把歡樂回憶送給大家。」嚴司按停正在拍攝精彩畫面的手機，覺得有點可惜那東西沒衝出來，不知道衝出來會怎樣。

另一邊的謝逸昇其實原本也想拍攝，不過被聿和林致淵一擋，什麼都沒拍到，只錄到騷動聲，一臉欲哭無淚。

「你們剛剛在裡面做什麼？」黎子泓見空房不再出現怪事，注意力回到虞因幾人先前待的套房，三人似乎原本在剝壁紙，已經撕開一大塊，露出裡面的舊底層。

「虞學長上來時說牆壁有東西，所以我們就剝下來看看。」林致淵回到房內，引眾人看向牆面。

他們三個剛上樓進入房間後，虞因就說看見好兄弟掛在牆邊，雙腳一直撞在牆面上，隨後他們仔細觀察並重新思考了壁紙狀況，發現不太對。雖然整個房間是同款壁紙，同樣經歷歲月的洗禮出現了斑點與黃化，但就像上次看見的，有一面牆比起其他地方來得新一些，不是單面日照程度差異那種新，是真的材質比較新。於是他們決定剝看看，沒想到一剝開就發現壁紙後面還有一層一模一樣的壁紙，目前只撕開三分之一，不過底下的東西已足夠辨認出這裡曾發生過什麼事情了。

「噴濺血跡。」嚴司看著舊壁紙上的痕跡，指示其他人把剩下的部分都除掉，終於完全露出斑駁的眞相。「在靠近門邊的地方被攻擊，看樣子可能擊打了四、五次，飛濺的軌跡都不太相同，最後靠牆倒在這裡。」

牆壁底部有一灘黑痕，本應連接痕跡的地板早已被擦乾淨，只留下牆上擦不掉的鐵證。

賴霈雨是上吊自殺死的，死時身上並沒有任何傷口。

「最初打擊濺血的位置在這裡，遭襲的人至少有一百七十以上。」比劃了下血跡高度，嚴司說道：「賴霈雨只有一百六十五，那麼這個人是誰？」

「……我覺得我們該撤退把地方交給專業人士了。」虞因看著牆上至今猶存的痕跡，很不想去猜測誰在這裡被攻擊。

賴霈雨上吊自殺，同時間只有男友失蹤。

張譽銓從那時候蒸發於世界上，光是想想就讓人不寒而慄。

不屬於警方的人直接撤出房間，雖然謝逸昇很好心地招手讓眾人進他臥間，不過那套房實在不大，於是除了協助管控工人的一太、阿方之外，虞因等人乾脆走到屋外，在警戒線內避開外面民眾的目光，挑個視線死角處，觀看著來支援的鑑識人員們開始忙碌。

「我再去後面看看，會繞出圍牆外喔，等等回來。」隔著褲子摸了口袋裡的折疊鏡，虞因想起剛才後院的事，加上二樓剝除了壁紙，他就想去看看賴霈雨還在不在。與陳家相反，她是不是希望別人發現那些？爲什麼？又或者是當初她的死眞的不是自殺，而是兩人在那房間裡發生什麼變故，被僞造成自殺？

聿一聲不吭地直接跟上。

「學長你不去嗎？」林致淵看著旁邊似乎不爲所動的東風，有點疑惑。

「爲什麼要去？你看我像是會打架還是能夠人間失蹤全身而退的樣子嗎？」東風白了對方一眼，很有自知之明地不跟著去扯後腿。

「喔，好吧。」打量了下還是很纖瘦、很像高中生的人，林致淵表示理解。「學長你以後如果要長……」

「閉嘴。」直接冷眼掃過去讓對方把消遣的話吞回去，東風完全不想聽到什麼長高長壯或長健康的話語。

林致淵摸摸鼻子，乖乖地閉上嘴巴。

「欸你是不是變漂亮了？」完全讀不懂空氣的小海眨著大眼睛，端詳著東風吃成比較像正常人的美人臉。「怎麼和阿聿長成兩個極端啊？一個小隻變大隻，一個扁的變美的。」

「學長扁的也是很漂亮。」林致淵弱弱地糾正。

「……」

東風突然覺得，剛剛應該要跟虞因他們一起出去的。

□

「總覺得好像有人在說我壞話。」

虞因蹲在地上打了個噴嚏，抹抹鼻子，看向旁邊的聿。「下面沒東西了。」

重回後院的雜物堆，虞因在找到折疊鏡的地方又檢查了遍，沒再看到和折疊鏡或賴霈雨能扯上關係的物品，只是雜物下面超級髒，剛剛他一不小心抓到螞蟻窩，現在整個手超癢。

聿遞過水瓶和濕紙巾讓對方整理，接著兩人沿著堆高的雜物輕鬆地攀出了本來就很矮的圍牆，後面接著的是防火巷，因爲附近居民大多已經搬走，防火巷看起來很老舊陰暗，大概偶爾有清潔隊或剩下的居民在整理，所以巷內雖有些垃圾，但還算能走，只是兩側破舊的盆栽多了點，各種積水養著蚊蟲。

「這邊可以通往另一條路。」虞因看著巷子，朝向外面熱鬧的那端被圍起來，是死路，如果要回大門還得翻回圍牆走後院，無法從這裡過去，但另外一邊有條直通出去的路，路口似乎沒什麼來車，看來挺冷僻的。「前門的路好像沒有接這條，應該要繞一圈。」老舊建築群就是這樣，周遭道路通來堵去的，一拐彎可能就迷路。

「該往哪邊走？」聿盯著刻意跑來的人問道。

虞因苦笑了下，再次拿出折疊鏡，打開後發現原本還算完好的鏡面不知何時裂開了，大約有三分之一左右的鏡面裂出線紋，而三分之二正好照出他肩膀後浮現的那張窒息死亡面孔，讓他倒吸一口氣，稍微有點被二度驚嚇。

就像上一回一樣，亡者的頭慢慢轉動，看往另個方向，似乎在替他們指路。

「好像要我們去那邊。」虞因捧著折疊鏡，跟著鏡中的面孔轉向，開始走動。

聿看了眼陳家舊宅，快速拿起手機往兩、三個群組發訊息，告知其他人這邊的行蹤，接著便邁開腳步尾隨虞因循著方向往外走。

可能這次沒有立即的危險或是急迫性，走得居然比平常悠閒許多。

看著鏡中帶路的身影，虞因不禁感嘆這和老屋裡的差距有夠大，如果其他想說出眞相的來者都這麼溫和就好了，當然陳家應該是不想被挖出舊事的成分居多，而且還帶有對陳歆的怨怒在裡面，以至於牽連周遭人被襲擊。

走出巷子，發現路是通往附近的小山丘，因爲有點距離，所以聿又回去向小海借了摩托車才得以前行。快靠近時，遠遠看去有處正在整地，有大型設備與幾輛車圍在外頭，土地圈了部分鐵皮出來，看來是有要做什麼新的規劃，一些人一般高的雜草已被劃出，有些雜木也都挖到了一邊。

鏡裡的視線一直注視著那個方位。

兩人花了點時間走近後天已經黑了，裡面的工人們正好要離開，有個穿著比較不同的人看見他們就喊道：「同學，不要跑來這裡玩！裡面有整地了，小心受傷！」

虞因快步跑近，與對方打了個照面，四、五十歲的中年人，長得有點粗獷，不過態度很客氣，後來自我介紹是地主，這片山丘地前面的新路已經快開通了，未來會連接學區和捷運新站，所以有投資商看上，打算做一些景觀別墅和規劃社區生活圈。

稍作解釋自己是從老社區那邊來的，中年人才點點頭表示明白。「那邊好像有間屋子一直有問題吧，前兩年建商本來想把那片都買下來剛好連同這裡一起開發生活圈，不過因爲住戶很散，有些人聯絡不上，所以還沒完全收購。今天那邊聽說很熱鬧不是？」

「對，所以我們看熱鬧之後才順著路往上走，沒想到會到這裡。」虞因連忙遮掩自己的眞實目的，雖然不知道賴霈雨引他到這裡做什麼，但眼前的人是要做建案的商人，當場告訴他這邊也有問題的話，恐怕對方會直接翻臉把他們趕走，然後想辦法湮滅「問題」，好讓新屋子和地價不會慘跌。

尤其是他看見幽暗的天色中，賴霈雨站在一棵還沒被挖走的大樹下，沉默地盯著地面流出血一般的眼淚，他就覺得很不妙了。

「那快回去吧，這裡等等也要關燈了，小孩子不要亂跑。」中年人朝後面還沒回去的工人打了招呼，幾名工作人員關了最後一台發電機，周遭瞬間暗下，只剩幾盞燈微弱地發光。

「再往上沒有看夜景的地方嗎？」虞因笑著詢問對方白目問題：「我看有小路可以上去。」

中年人揮揮手，「沒有沒有，上面很偏僻，只有以前別人種竹筍的地方，現在已經廢了。這裡如果沒整地也是那麼荒涼，去別的地方看夜景吧，晚上裡面很黑太危險了，學生不要老是跑這種地方探險，當心出事。」

虞因再次看往賴霈雨所站的地方，帶著血淚的晦暗亡者慢慢地朝他低下頭，像是懇求，也像是把纏繞自己多年、讓自己無法安寧的怨悔交付給他，之後黑色的身影緩緩淡去。

陳家舊宅的客廳地板下最後眞的挖出人類骸骨。

聽說玖深他們一票鑑識在分離那些碎骨頭時差點哭出來，可能是當時毀屍的人打定主意要讓屍體永遠消失在世界上，所以骨頭被破壞得很徹底，十之八九都被敲得粉碎，只有一些少得可憐的部分還留有些形狀，更別提全部都灌在水泥裡面了。

後來他們敲開牆壁，發現牆壁裡也鑲著同樣破碎的人骨，不過這次破壞得沒那麼徹底，許多部分保留還算完整，至少能看出點人形。

「一共有兩具屍體，姑且先把其中一具當作陳歆的母親。」

嚴司有了初步結果的當晚跟著虞佟回家去搭一頓晚餐，順便把消息帶給虞因等人。「但那具是鑲在牆裡面，地底的是很早期就埋下去，不知道是誰。」

「……按照相片的時間點比對，如果陳歆母親在那個家遭毒手的凶手是三人之一，那地板下的就是兩人之一了。」東風想想，說：「當年陳家兩老有幫忙過包辦桌場的叔叔一陣子，兩人都有餐飲背景，不論是哪個下手，都有本事分解屍體，那麼早之前的死者大概很難找到身分了。」

坐在一邊的林致淵覺得有股寒意，幾十年前有個人無聲無息地從世界消失，被埋在地底直到現在，如果不是因緣巧合可能永遠都不會被人所知，幾十年後即使找到了也不知道祂是誰，很可能祂的親人早就過世，或許連個能爲祂收屍和傾聽眞相的人都沒有。

「唉我覺得更可怕的是，如果被圍毆的同學你們看見的眞的是煮屍現場，那麼多的鍋子水桶……應該都不是他們家的吧。」嚴司很深沉地提出一個仔細一想會很恐怖的重點。「當年那些煮掉的肉最後又去了哪裡？」

「嚴大哥你說的好可怕。」已經堅決申請最近都不要吃肉燥類的虞因完全不想再去回想當時的畫面，他覺得可能連爌肉都會暫時不想吃。

「我是很認眞在爲當年的人擔憂，因爲地板挖出來的鍋子只有兩個，還有點大概是綠色的碎布料，試想一下誰家沒事有一堆鍋子好隨時煮屍體，而且比對當時血案的現場照片，鍋子數量也不夠多。」嚴司誠懇地說：「早年一般家庭不會特地買一大堆鍋子吧，你要不要回憶一下數量和樣式，是不是比較像在煮大量東西時候用的。」

「不，我不想回想。」虞因直接拒絕精神攻擊。

嚴司笑了下，想起另件事情。「喔，不過還有個更詭異的事情可以告訴你們，未公開情報就是。」

唯一的外人林致淵立刻做了個嘴巴拉上拉鍊的動作。

「還沒挖到骨頭之前，玖深小弟對現有的當年資料做了一些反覆比對，結果發現陳炅彬和他母親沒有血緣關係。」嚴司話一說完，就連本來視線看著另邊在發呆的東風都回過頭盯著他，於是他笑笑地繼續說下去：「然後陳歆與陳炅彬雖然有關係，但不是親子，可能是兄弟。」

「……？」

「……！」

虞因和林致淵各自露出詫異的神色。

「也就是說，陳炅彬的母親不是被他殺死的老太太，而陳歆的母親可能和他爺爺有一腿，所以他不是陳炅彬的兒子……是他年齡差超多的弟弟。現在有沒有感覺到八點檔劇情的浮現，以及世間上怎麼有這麼離奇的事情了？」嚴司看著三個怔住的小孩，愉快地說：「後來我前室友發現當時有一些鄰居的閒談被記錄下來，確實提及了陳炅彬的父親年輕時很好女色，婚前曾和一些叔伯進出過茶室或聲色場所，婚後才在妻子幾次大鬧後漸漸沒去。」
「呃、該不會其實陳炅彬的妻子原本是老先生的女友……後來懷孕塞給他之類的……」林致淵感到事態有點超出預料，他原本猜測的比較普通，就是外遇被發現遭殺什麼的那些。
「不是，那就不會有陳炅彬和女友在外地交往、帶回家給父母見面的過程了。」東風冷漠地提醒。
「有可能是他帶女友回家時，女友被父親……」虞因有點說不下去。但不管是哪種可能性，這就能解釋陳炅彬爲何如此痛恨自己的兒子和父母了。「但是那句鬼生的雜種又是什麼意思？」
「是指他的母親已經死亡嗎？」林致淵只想到這個可能性。
「大概只有講的人自己知道吧。」嚴司聳聳肩，「剛好也當鬼了，八成無解。」
就在這時候，另外兩人走進客廳，正好讓話題告一段落。
先行去準備晚餐的虞佟和聿大概也考慮到大家這兩天的經歷，所以端出的沒什麼肉類，幾盤都是蔬菜豆腐蛋，看上去相當清爽健康。
「我差不多也該回宿舍了，這幾天謝謝大家的照顧。」吃飯時，林致淵邊開口：「租屋那邊的屍體已經找到，我想大概不會再有奇怪的危險，虞學長你們可以放心了。」他當然知道一太指定他借住這邊的用意，如果租屋隱藏的祕密就是那些，不存在於世的威脅隨著過去被曝光後，應該也會遠離他們了。

「其實你不用急啊，多住幾天等傷好一點再回宿舍。」虞因看著對方還吊著的手臂，覺得現在回去不是好主意。

「喔這倒不用擔心，過兩天我哥會回家，我可以向學校提出申請暫時留在家裡，去學校時再處理宿舍的事務就好。」盯著盤裡鬆軟的起司玉子燒，林致淵想想，他可能會捨不得飯菜吧，這裡的飯菜真的很好吃，更別說晚上還有點心了，多住兩天應該會胖起來。不過終歸是別人家，打擾太長時間不是個好做法。

「也好，那你要回去時講一下，我開車送你回去。」確實，家人回來的話，就沒啥理由扣著人，雖然虞因更好奇的是他住宿舍的原因，不過對方是接替一太校園位置的存在的話，大概也有學校內的某些因素吧，這方面他就不方便多問，比較可惜人不能多住兩天就是。

「你以後沒事常來玩啊，工作室有很多好吃的。」

「好的，以後我也會常打擾學長你們。」林致淵微笑著點點頭。

一場晚飯倒也吃得無風無波、愉快地過去了。

接著在端上水果時，他們的小群組響起了線上通話的聲響。

「查到所謂的『懸賞金』了。」

群組打開後，一太與阿方使用同個攝影鏡頭，兩人的背景不是室內，而是在熱鬧街道上，好像剛拜訪過誰，附近不遠處可以看到有個小夜市，遠遠傳來歡鬧的聲音。

一太在旁邊隨便找個公共座椅坐下，看著紛紛打開群組的幾人，將剛剛到手的東西傳上去。「當年張譽銓他們校內私下流傳一個說法，就是鬼屋裡面還有不一樣的存在。那個時期學校裡有一個號稱『試膽』的眞相團體，起頭人是誰沒人知道，參與的人全都使用匿名，眞相團體有個懸賞金制度，對詭異事件有興趣的人會向團體提出委託並進行甄選，且會提供一筆獎金，被選上的人須按指定的時間、地點與進行方式去該地操作，完成後通過委託人的檢查就能夠領取賞金……但是參加的人也必須繳交相應的保證金，保證金會加入賞金裡面，沒有完成任務的人只能取回三分之一的保證金，所以最終賞金可能會很高。」

「陳家老屋的賞金是多少？」東風直接開口問。

「張譽銓參加當時他的朋友有看到頁面，是六十六萬，前面一些住過的學生都失敗了，不是被嚇跑就是少給了記錄，所以累積不少錢。」一太回答了問題，接著繼續說：「這個團體也不是人人都能參加，甄選審查很嚴，張譽銓的朋友全被剔除，十多個人申請，只有張譽銓通過，他申請的就是調查陳家舊宅，朋友不清楚他繳交的保證金是多少，但知道任務是在鬼屋住滿一年，以及詳細地記錄每日屋內發生的事情交給發起人，同時調查每個房間和角落，剩下的細節就不知道了。但張譽銓打算搬離前夕有透露出快要完成任務的口風，還跟朋友說能夠翻倍把錢拿回來了。」

「怎麼聽起來有點奇怪？」虞因說不出來哪裡不對勁，就是很怪。

「陳家懸賞金最終獎金近百萬。」聿突然開口：「六十六萬，他說能翻倍拿回來，他的保證金是三十萬左右。」

「這數字怎麼聽起來很耳熟。」虞因一擊掌，想起那是某個賴霈雨幫他比賽的獎金。

「據說保證金數字不定，按照委託內容程度，每個人都不同，張譽銓的保證金爲什麼那麼高也不得而知，同學那邊探口風時有聽張譽銓提到他有雙保險，就算失敗也可以拿回九成保證金，成功的話還可以額外多拿一些，並且這段時間的住宿費全都由對方負責，其他的就完全問不出來了。」剛剛從張譽銓幾個老同學那邊拜訪出來，一太另外也問出讓人遺憾的事情：「似乎因爲這件事，張譽銓和賴霈雨才鬧翻，據說賴霈雨知道張譽銓把錢拿去他所謂的『投資』後，整個人大發飆，認爲張譽銓將他們的結婚基金當作兒戲，張譽銓幾個好哥們或多或少都聽過兩人爭執，賴霈雨一直強硬地要張譽銓交出那筆錢給她，否則要公布只有兩人才知道的內情。」

所謂的內情，應該就是那些比賽都是賴霈雨代做的。

「所以張譽銓的父母才會認為女方在向兒子討錢，但是賴霈雨不知道詳細內情，可能說不出所以然，更容易被誤解為拚命索錢。」虞佟多少能明白當年張家父母後來想壓下輿論的做法。恐怕是他們也在賴霈雨翻臉後得知兒子許多獎項都是女方代做，女學生一死，家長怕被挖出這個黑幕，就找關係強硬地壓掉新聞。

或許他們當時還覺得幸好，只要編造個女學生分手後想不開，去租屋上吊的說法，民眾即使知道了也不會過多關注，這種事情時而發生，情路破滅而了斷自己性命的人太多了，並不差這一個。

只是他們沒想到兒子是真的失蹤了，並非避不見面，張譽銓從那之後再也不曾出現過，資料被掛在失蹤人口上，眨眼便是許多年。

「是的，更遺憾的是張譽銓其實真的完成任務了，當年真相團體公告的事件裡，陳家舊宅的調查已經被取消，賞金被領走，他應該有打算把錢還給賴霈雨。」一太搖搖頭。

「怪了，那當年在調查時怎麼沒人把這件事情告知警方或張家父母？」嚴司抓著下巴，覺得神奇。

「嚴大哥可能不是很清楚學生們檯面下的『運作』。」林致淵笑了笑，向對方解釋道：「有些事情是永遠不會告訴大人們，特別是警政單位，那是另一個型態的封閉世界，情報流通的方式和規則都不一樣，而且很多遊走在法律邊緣。」

「確實，眞相團體聽起來是非法集團，或許會流傳有人洩露出去遭到什麼不可描述的可怕後果，這會讓學生更避不想談，更別說他們提供的賞金不是小數字，可能後面還有某種勢力存在。」虞佟轉口問一太：「現在還查得到那個團體嗎？」

「抱歉，已經不行了，我請人查過，當年賴霈雨一死，眞相團體馬上解散匿跡，所有的聯絡方式和網頁一夕之間抹除得乾乾淨淨，剛剛那些情報還是動用不少關係才從當年學生們的嘴裡撬出來，還必須保證不會提供他們的姓名，全部得匿名。」當然也想過這點，一太支著下頷：「如果我再大動作就『越界』了，這方面就交給警方自行尋找吧。」

「好吧，謝謝你辛苦奔波。」虞佟明白一太的立場，他已經幫忙夠多了，如果太過傾向警方，他先前築起的地位會遭到另一方的質疑，見好就收即可。正想著要怎麼彙整好轉交給雙生兄弟去搜查，放在一邊充電的手機突然響起來，是玖深打來的。

一接起電話，就聽到那邊傳來有點發抖的聲音。

「阿阿阿阿因說的那個樹……樹下面挖出屍體了……」

□

張譽銓的屍體最後在大樹下找到。

並沒有什麼特別的狀況，也沒有陳家舊屋那些詭異的動靜，警方人員帶了一隊人去指定地點挖，挖了個大深坑之後終於挖出一個大型行李箱，歷經多年，行李箱早就老舊破損，好幾個破口處都被砂土填滿，好不容易打開後只見一具白骨以奇怪的扭曲姿勢塞在裡面。

後來經過鑑定和匹配，確認骸骨與張家父母有親子關係，面容經過技術恢復，正是當年失蹤的張譽銓。

行李箱的款式後來也在張譽銓和賴霈雨出國遊玩的照片中核對到一模一樣的，確認是賴霈雨的大行李箱；而在箱前的置物袋底部有個陳舊的裂縫，約莫十公分大小，檢驗結果是埋入地底前就已經割破了，但裡面還裝有一些女性化妝用品，像是補妝用的口紅與粉底盒，似乎箱子的主人沒有發現這個足以讓物品掉出的破裂口，在那些化妝用品的盒子裡面也提取出賴霈雨的指紋。

那些化妝用品裡沒有女性們會攜帶的補妝小鏡子。

虞因知道這件事情後就把撿到的折疊鏡乖乖繳出去，隨後員警們發現折疊鏡的鏡子以前脫落過，有被原主人重新黏回的痕跡，所以在鏡子背部取出了指紋，與賴霈雨一致。

鏡子掉在那裡這麼多年，怎就如此剛好被虞因在那時候撿到，這件事就沒人去深究了，反正一追究，後面都是證實不了的不科學情況，所以報告上依舊打著「民眾正好拾獲」。

撇除這些，讓人更意外的是白骨緊握的手中有一枚女性鑽戒，可能他到死都緊緊抓著沒有鬆手過，就這樣無人察覺地一起被塞入行李箱，永不見天日。

「哥哥說過要給霈雨姊一個驚喜。」

張牧茗精神狀況好很多後，才幽幽地吐出多年前的祕密：「他說霈雨姊雖然鬧得很凶，可是那是因爲她沒有家人，從小到大都沒有安全感，而且他暫時沒辦法向霈雨姊解釋也是他的錯，所以等到懸賞金到手，他要買個大鑽戒求婚，這樣霈雨姊氣就會消了，而且他們還有自己的錢可以辦婚禮，也可以帶我去迪士尼玩。」

只是一直到最後張譽銓既沒有將鑽戒送出去，也沒有來得及張羅婚禮，他的人生就這樣沒了。

或許賴霈雨在張譽銓死後發現了這個事實，嚴重愧疚下不堪打擊，所有的愛恨與希望、憧憬都破滅，因而在租屋處上吊自殺。

雖然看似是這麼悲傷的過程，不過在林致淵返回自家的幾日後，虞因等人在工作室裡面閒聊時收到了小伍偷渡給他們的消息。

「賴霈雨的案子雖然好像結束，不過玖深哥他們覺得有個協助棄屍的人。」虞因回頭看著正在吃點心的一太和阿方，嘆了口氣。「從那些血跡與屍骨的狀況推測，賴霈雨當年和張譽銓起爭執時，張譽銓大概是生氣要離開房間，從後被人以鈍器重擊後腦，而且連續好幾下，可以看得出攻擊他的人也在盛怒當中，隨後爲了處理屍體就把屍體裝入大行李箱運出埋屍……不過鑑識人員在後院的圍牆上有找到一些陳舊刮痕，配合行李箱上的受損痕跡來看，當時屍體是從後院運出去的，可是賴霈雨單獨一個人不可能辦到。」

他和聿從後院圍牆翻出去過，雖然不算高，但是一名女大生是很難獨自從那邊搬運沉重行李箱的，於是便應該有另一名協助她棄屍與處理掉張譽銓行李物品的共犯。「還有張譽銓那時候贏回的賞金並未存入他的帳戶，也不在賴霈雨帳戶或遺物裡，買完鑽戒後，剩下的錢平空消失了。」

「共犯只能靠時間排查當年賴霈雨身邊的人，相信很快就會有消息。」一太轉動著手上的點心叉，倒認爲那不是太大的問題。「但是錢可能比較難追回，我有這種預感。」

「我還是覺得滿詭異的，賴霈雨雖然因爲愧疚自殺，但一般都會留下遺書交代這些事情，爲什麼她沒有遺書？」虞因就是不解這點。他很確定賴霈雨找上他們是想要請求協助，這表示她對張譽銓有歉疚，怎麼當年就沒有留遺書解釋這些，然後讓人把張譽銓挖出來呢？

「若有共犯的話，說不定是共犯拿走的。」阿方覺得這可能性很大。「搞不好有提到共犯的身分，所以在發現上吊屍體時被拿走了。」

「希望找到共犯之後可以順利找到遺書。」虞因有點無奈，賴霈雨在找到屍體後徹底消失了，大概是完成了心願就沒再出現，無法知道她最後到底在想什麼。

「說不定她是過於愧疚不敢寫下自己的罪行呢。」坐在另一邊的東風懶洋洋地按下電腦按鍵，把資料歸檔。

「她有寫。」站在吧台後的聿抬起頭，突然發出聲音：「你知道有。」

「……」東風轉過頭，不說話。

「你們又在什麼外星球頻道了。」虞因傻眼。

「她選了殺人的地方結束生命，是想對張譽銓贖罪，所以她會寫。」聿輕聲地開口解釋：「對於犯罪的自白書，以及交代她不敢再去看的張譽銓屍體下落。」

「啊，也是，她在那裡徘徊那麼久，跟一堆阿飄擠在一起也想找人幫忙挖出張譽銓，當年一定有留下的。」虞因再次嘆口氣：「拿走的人眞的很靠杯。」

這些就得等找到共犯才能知道了。

「賴霈雨的還能用時間來處理，相較之下陳家舊屋……」

虞因才剛要說不知道進度如何，他的手機突然響起，一看來電顯示，他整個驚訝了。

「陳歆？」

□

陳家舊宅的兩具碎骨被挖出來後，媒體轟然又炒作了好一陣子筆仙大案。

當時受傷的學生紛紛返家養傷，有幾人接受採訪繪聲繪影地說著當晚請出筆仙的過程並提供錄影，接著就有記者把腦筋動到陳歆身上，那間一樓的小小房子被媒體車堵了好幾天，就連來驅逐人的房仲都跟著被糾纏好一陣子。

警方考量到陳歆的精神狀態，所以數次前往陳歆家中詢問，結果沒有太多收穫，陳歆完全拒絕與外人溝通，原本勉強可以在中間幫忙對話的黃庭珊突然也起不了太大作用，問來問去還是沒個所以然，反而讓陳歆更排斥和警方對話了。

不過在這時候，陳歆意外地提出了條件。

「希望我和他一起回去？」

虞因訝異地指著自己，完全沒想到連一面都沒見過的人竟然會指定自己。

「對，陳歆指名要你和他一起回陳家舊宅，說如果是這樣，他可能會想起點什麼。」趕來工作室的虞佟有點無奈，但陳家唯一的倖存者嘴巴很緊，堅持要虞因出面才肯開口。「如果你願意，他們晚一點就會上來，陳歆本人只願意出來這一趟，你不想去的話……」

「我想去。」虞因倒沒有什麼遲疑。「陳歆很可能是唯一知道自己家發生什麼事的人，他也該給個說法。」

虞佟點點頭。「那麼準備一下吧。」

其實也沒有什麼好準備的，畢竟就只是去舊屋一趟。陳歆指名虞因單獨面談，其他人得在屋外等候，如果發現有人混進屋或者竊聽，他絕對什麼都不再透露。

不是第一次被指定對談，虞因當然很快調整好心態，做好心理準備面對第一次見面的倖存者。

只是到達舊屋後他們還是有點驚訝。

陳歆不但指名了虞因，還另外聯絡了個讓他們詫異的人。

「虞學長。」

「……」看著在老屋外等候的高戴凡，虞因有種莫名其妙的感覺。「你和陳歆認識？」

這是什麼奇怪的巧合？

「虞學長沒聽過我最新的創作歌曲嗎？」高戴凡笑了笑，還是那種稍嫌淡漠高冷的表情。「其實我三年前就認識陳歆了，當時為了找靈感，無意間從逸昇那邊知道陳家租屋的故事，所以在陳歆家門口等了一個禮拜才終於和他搭上線，後來在線上聊了很多，約定好新曲的點播收入讓他提成作為酬金。」

虞因有點無言，「你認識陳歆你怎麼不早說？」難怪他就覺得那首歌曲和場景巧合到讓人毛骨悚然，現在想想，那些歌詞的意思竟然還真的有暗示血緣關係，突然更讓人覺得不寒而慄了。

「我也沒想到你們要找陳歆啊，並沒有人問過我。」高戴凡聳聳肩，露出有點莫名的神情。「稍早陳歆打電話給我，希望我能在場時我也很驚訝，要是早知道學長你們想找陳歆，我就會替你們介紹了。」

「……」雖然他講得好像很有道理，不過虞因總覺得對方很沒有誠意。

同行的事看了大學生一眼，不動聲色地收回視線。

因爲屋內埋有屍體，原本住在這裡的謝逸昇已經搬出去，據說他的家人知道這件事之後直接驅車到來，押著兒子退租換房子，本來還想繼續在鬼屋看熱鬧的謝逸昇差點被他阿嬤脫掉一層皮，精神超好的老人家拿著雞毛撣子監視孫子打包上車到離開。

幾人稍等了一會兒，載著陳歆的公務車也到來。

雖然去過陳歆家中，但上次談話是隔著一扇門，這次虞因是確確實實與本人面對面。

從車上下來的男人比他預估的外表還要老成一點，整個人因爲長期生活不正常與飲食不均衡異常削瘦，零亂的頭髮長短參差不齊，應該是自己在家中亂剪的，頭髮黑灰白斑駁，像他的人生一樣在沒人知道的黑暗角落悄然褪色，皮膚蠟黃乾枯布著淡斑，一身發黃的襯衫與破舊的布鞋，讓一個三十壯年期的人看上去竟然像是四十多歲的樣子。

男人駝著背脊，長年縮在椅子上用電腦的姿勢讓他身體都站不直了，脊椎還嚴重側彎，厚重眼鏡後的視線帶有高度警戒，對周遭人群散發出完全無法相信的敵意。

「你好，我是虞因。」微笑著伸出手，虞因釋出自己的友善。

陳歆看著面前同樣第一次見面的人，帶了些許疑惑、羨慕與戒備，默默伸出自己的手。

「我是陳歆。」

□

陳家舊宅內還保持著地板與牆壁被挖開的樣貌。

找到骨頭後，爲了確認是否還有其他地方也同樣藏有屍體，警方花了很多工夫搜查，於是客廳目前可站的地方不多，三人只好站到廚房，且這個位置也看不見樓梯，讓陳歆的臉色比較沒那麼難看。

「你眞的找到了……」

環顧著被挖得坑坑洞洞的房子，陳歆看著虞因，聲音有點飄忽。「沒想到眞的有……他們說的果然是眞的……呵呵……不算枉死……」

虞因看了看站在一邊的高戴凡，斟酌著用詞：「你以前就告訴過戴凡學弟這裡的事情，對吧。」高戴凡的歌曲之所以會那麼精準地指出不是父親和不是母親，應該就是把當年的眞相埋進曲子中了。

「其實陳歆他也沒證據，無法證實是眞正發生過的事情，我們原本都只是當個故事說說而已。」高戴凡先一步幫忙解釋：「大部分的事情都只是從他父親和爺爺喝醉之後的嘴裡說出來，有時候只像是在恫嚇，畢竟從現實的角度來說其實不太可能會發生……雖然大概就是眞的發生了。」

陳歆死死盯著虞因，聲音有點發顫，帶著一種絕然和濃烈的憤恨：「你告訴我，你看到的是什麼？我想知道他們死了有沒有繼續受苦？下地獄沒有？」

「……他們還在這裡。」虞因看向客廳的方向，能隱隱看見三抹黑影在那裡徘徊，不知道是不是這陣子警察來來往往太頻繁，還有好事的人請了法師什麼的來作法，那幾個影子沒有之前那麼暴戾凶狠，還變得單薄很多。

陳歆發出諷刺的笑聲。「還困在這裡……活該……他們就該永遠不能超生……還有呢？你看到什麼？關於我母親？爲什麼你們會發現有別的屍體在這裡？」

顧慮到警方未公開的搜查內容，虞因避重就輕地說了自己的那場夢，並隱藏林致淵也遇到的事情，大致描述他是因爲夢的指引才發現這裡很可能還發生過其他凶案，因此從照片裡留意到屋子格局問題。「其實當初我也只是抱持著挖看看的心態，不然朋友被纏上了，沒做點什麼只能坐以待斃實在很不舒服，各種方法都要試試，這得感謝你的允許，否則這種臆測很難讓人信服。」

陳歆靜默了一會兒，好半晌才幽幽地開口：「這是，從那個男人嘴裡聽來的……」

從小開始，陳家就沒有幾天好日子。

長到能記事之後，陳歆的記憶裡就是陰沉的父親與不怎麼說話、天天唸佛的奶奶，家裡唯一會與他正常說話的只有爺爺，且爺爺相較於另外兩人顯得比較關心他，幼時陳歆一度認爲自己能說得上是親人的就是爺爺，所以當作業得貼全家福的時候，他是抱持著厭惡留下那張四人照的。

從很久以前，每次陳炅彬與其父起爭執時，內容不外乎都是「你們逼我的」、「這些事情你們都有責任」、「我就拖著你們一起下地獄」、「你們兩個誰也別想置身事外」……陳歆聽不懂意思，但感覺得到話語裡怨恨滔天，看不見的恨意鎖鏈把那三人綑綁在一起，就連陳炅彬母親怒極了也會不顧自己是唸佛的人，責罵陳炅彬難聽的話語。

直到某一次陳炅彬在外又喝得醉醺醺，跌跌撞撞回家，正好家裡兩老各自出門，只有當時讀國小的陳歆在客廳寫作業。

男人就歪倒在客廳椅子上，露出戲謔嘲諷的神情盯著他，過了很久才吐出一句：「呵，鬼生的雜種。」

陳歆那時候雖然因為家庭因素比較早熟，但還是不太能理解這句話的意思。

看著小孩一臉茫然，陳炅彬大笑了，接著又開口：「你是那個女人肚子裡挖出來的……我把她弄死了……要是知道你是老不死的小孩……當時我就會把你一起搞死，剁成泥沖進馬桶……就像那個老查某對我媽做的事情一樣……」

無視於孩子驚愕僵住的反應，可能是真醉也可能是藉著酒意想要讓全家都不好過，陳炅彬繼續說道：「我就知道那女人跟老不死的有一腿……我就奇怪以前每次來，老不死都慷慨給她幾千，還說啥是要給未來媳婦買吃的……幹……她自己承認老頭私下問她要不要……和我老子一起給我戴綠帽……我就把她掐死，反正她是外來打黑工的沒人會找她……本來看你可憐，至少把我兒子留下來……沒想到你不是我兒子……」

「不過你也不用太難過，我媽也是這麼消失的……老查某以前都說我老母在地上眾人踩，她把那個不要臉的女人挫骨揚灰……存著好心才把我從那女人肚子裡面剝出來……她說我也是鬼生的雜種……有病……明明就是她自己不能生……怕老不死的用這個藉口繼續去外面找女人……我還不知道我老母在哪裡……不過把你老母拖回來叫他們處理之後……我大概知道可能在哪了……總有一天我會把那兩個老不死的送去給我老母作伴……」

「你算好了……那老查某現在老了，你知道她以前怎麼對我的嗎……在我還不知道的時候，養個小狗小貓，只要一不順她的意，她就把那些小東西弄死做成菜逼我吃下去，然後說我老母就是這樣……」

這就是陳歆最接近眞相的唯一一次。

陳炅彬酒醒之後大概意識到自己說得太多，而且他雙手也不是乾淨的，所以後來就不太說這些事情，只是對待陳歆的態度日趨惡劣，甚至到後來酒後屢屢出手暴力相待。

陳歆在這房子裡的所有記憶就是陰沉詭異、每日唸經的奶奶，喝酒後不像人類的父親，與骯髒不堪卻又對他掛著笑臉的爺爺，直到十五歲那一天，血淋淋地劃下一個休止符。

雖然事前已經從其他人的推測知道個大概，但由陳歆的憤恨語氣述說出來，虞因還是打從心底感受到一股寒意。

眼前乾瘦的男人眼裡除了恨以外沒有其他情緒，說著這些話的時候不時看著面目全非的客廳，最後全化爲冷笑：「不過他們還是成功把我毀了，畢竟我還流著這家殺人凶手的血，和他們沒兩樣，我都不知道活著要幹嘛，我媽已經找到了，這世界沒有我掛念的其他事情了。」

「外面並不是全都這種人。」虞因斟酌著用詞：「所有發生的事情都不是你的錯，你本來就是受害者，沒有必要爲了那些舊事把人生也賠進去，你可以重新開始生活，證明自己與他們不一樣。」

「晚了……」陳歆淡淡地說：「來不及了。」

隨後陳歆就不再開口，要虞因兩人先離開屋子，他想再看看這個被詛咒的舊宅。

虞因雖然想再多勸他幾句，但男人明顯聽不下去，只好先出去告知虞佟他們，並讓員警進來陪同與處理後續。

他完全沒想到這就是最後和陳歆的對話。

三天後，警方傳來消息，陳歆在自己的一樓屋內自殺，被發現時躺在滿屋子的垃圾裡，手腕割開的十幾條深可見骨的傷口早就把血流盡。

陳歆只留下一張白紙與幾句話。

「我也是殺人凶手，這世界沒有容身之處。」

我的名字叫賴霈雨，我是個殺人凶手。

我殺了我的男朋友張譽銓。

我們認識很多年了，原本打算大學畢業就要結婚，一直爲了這個目標努力，爲此我們一起存了很多的錢，因爲不想借用譽銓家的庇蔭、也不想被瞧不起，我希望我們可以靠自己辦到。

後來我發現譽銓挪用了這筆錢，他一直不肯說清楚，說什麼有保密條款，他不能說出來。我以爲他被騙買了投資，特別是他去年又搬到奇怪的鬼屋裡，勸了他好幾次都不肯搬，我認爲他變了。

因爲這件事我們吵了很多次，直到我又發現他與幾個學妹走得很近，我覺得我快瘋了。這幾年即使做那些報告很辛苦，我們也一直很努力，我期望的是能和他永遠在一起。

但是好像破滅了。

所有的未來都被我毀了，我只是一個不小心，等我回過神來，我不是故意的，可是譽銓的頭都是血，他沒呼吸了，我不知道爲什麼會發生這種事情，我不知道爲什麼手上會拿著我們去旅行時買的彩繪石頭……我們明明只是吵架，我只記得譽銓那天說累了，不想再這樣和我下去，我看他轉頭要出去，我急了……現在說什麼都來不及了，他已經不會動了。

我不知道該怎麼辦，只想到找人幫忙……對不起被牽連的朋友，眞的很對不起你，你還擔心我會被抓，怕我未來被毀，幫了我很多忙，幫我整理東西。

後來，我發現譽銓買了戒指，我看見他的行李裡面有戒指盒，訂作的刻字是我的名字。

我眞的是個白痴、笨蛋、死有餘辜。

我只能下去地獄懺悔。

我來找你了，譽銓。

「賴霈雨的朋友把遺書交出來了。」

黎子泓掛掉通知的電話：「他坦承協助賴霈雨棄屍，兩人是同個育幼院所出來的朋友，因緣際會考到同一所大學，所以一直有聯絡。他知道賴霈雨在幫助張譽銓做比賽和作業，不過她是抱持著兩人參加比賽比較有機會拿獎金的心情在拚的，她告訴朋友，結婚後進入家庭她就會專心照顧家庭，所以那些出名都要給張譽銓，這讓他更有本錢找到待遇好的公司，賺得多就意味能更好照顧家庭，所以才把得名的機會都給張譽銓。」

「張譽銓本身也有在線上打工，據朋友說，他們一直在存結婚基金，當時接到賴霈雨的電話他也很震驚，但是不想要賴霈雨人生也毀掉，才幫助她一起把屍體藏起來，處理掉張譽銓留下的行李與物品。」

「其實不管如何，她在動手的那瞬間已經毀了吧。」嚴司嚼著從工作室那邊拿過來的小蛋糕，有點感嘆。

「嗯，那位朋友在賴霈雨打電話告知有輕生念頭時趕到租屋，可惜晚了一步，但看見遺書上有描述幫手，怕自己被牽連，所以才收走遺書。」警方排查了大半個月後，終於找到這個朋友，原本內心就有鬼的人禁不住詢問，很快就把所有事情都說出來。黎子泓看著手邊的卷宗，上面還擺著賴霈雨和張譽銓的合照，兩人笑得極爲燦爛，像是有著無限的光明未來。

「……不知道佟他們要怎麼向張譽銓的家人開口。」比起早就已經死的人，嚴司覺得今天不是他去面對受害者家屬眞的很萬幸，畢竟有時候遲來的眞相會讓人很崩潰，但卻又不得不告訴他的父母家人，好讓他們知道張譽銓最後發生什麼事。「張譽銓被埋的時候還活著，而且醒來過。」

行李箱打開後，他看見動作扭曲的屍骨就知道會對活著的人造成極大的打擊。

黎子泓搖頭，幾乎可預見家屬的悲鳴。

「不過被圍毆的同學似乎沒有看見張譽銓，希望他是好好地去投胎了。」吃掉最後一口草莓口味的小蛋糕，嚴司跳起來走去泡個茶水，邊感嘆：「當然，活著的人這樣想會比較舒服點，至於他到底有沒有投胎還是死得不明不白在哪裡當地縛靈也沒人知道了。」

接過對方順便泡的淡茶，黎子泓看著手邊還沒動過的蛋糕。「虞因狀況應該還好吧。」陳家舊宅一案以陳歆自殺作爲他們一家人的結束，最後與他談話的虞因怎麼想的，他們還是有點擔心。

「看起來還滿有元氣的，被圍毆的同學不是小孩子了，也不是第一次遇到這種事情，我看他都有調適，精神狀況很好。而且機器貓這陣子也都死守在工作室和他家，小聿和佟他們都很注意，沒事的。」靠在桌邊，連吃好幾天工作室點心的嚴司喝了口熱茶：「我今天約了他們去吃飯，跟楊德丞都要好包廂了，所以你快點準備準備，待會兒要去聚餐了。」

「……你怎麼不早說。」黎子泓看著還很悠哉在這裡喝茶的人，眞想把手邊的厚重檔案丟過去。他原本想著還有時間，才剛開封送來的文件想晚點下班處理。

「反正你下班不是都沒事嗎，我剛看你手機也沒有約會，就直接去吃飯啊。」嚴司愉快地幫友人決定好待會兒的下班後行程。「我都和楊德丞那小子攔截了最新鮮的海產，不要浪費你的下班人生了，快點起來動一動，準備等等吃大餐。」

「你是不是想被抓？我手機密碼剛換沒多久，你怎麼看的。」黎子泓很認眞地思考要不要把這個現行犯抓起來。

「這點小事就不要計較啦，喔對了，前陣子你很忙，結果不小心睡死沒有搶到的那個遊戲限量版啊，我問到朋友買到手了，你看還有特定店家預購周邊喔。」從口袋裡掏出一個小鑰匙圈在友人面前晃動，嚴司咧開笑：「大檢察官，還要抓我嗎？」

「……準備去吃飯吧。」

「欸嘿，快點動起來，人活著就是要動動動。」

「少囉嗦。」

黎子泓將桌面上年輕情侶的合照輕輕放回檔案夾中，然後覆蓋闔上。

「走吧。」

□

「小淵……小淵！」

林致淵猛地回過神，第一眼就看見在面前放大的臉，對方還極具喜感地正在扮鬼臉，朝他揮了兩下手掌。「小舍長～魂回來喔，我們要出去買鹹酥雞。」

「自己爬牆。」林致淵笑出來，看著大白天外面商場人來人往的背景，視線放回另一名拎著一包雞排、大剌剌走進貴賓休息處的學長身上。

「小舍長你白天還可以張著眼睛睡覺啊，不簡單。」站在一邊的趙銘嘖嘖稱奇地感嘆：「等等看電影你千萬別睡著，聽說這片很精彩。」

「我會努力清醒。」從張建昌手上接過比臉大的雞排，林致淵愉快地咬了口，思緒再度回到不久前收到的訊息。他原本還以爲事件之後，那個討論小群組會解散或是之後被封印沒什麼人使用，意外地剛剛卻有人再次上傳了新的消息。

根據一太與警方花了一段時間的搜查，終於在某個已經關閉很久的老相館裡找到一張照片，與陳金晁當年相關的隻字片語。

老相館裡保留了一張黑白照片，相片上是名極美的女人，據說是當年茶室有名的小姐，只知道叫作「小鳳」。陳金晁年輕時和叔伯常出入那家茶室，和小鳳來往密切，後來陳金晁回家結婚分得家產，婚後過了一段時間，小鳳天天挺著肚子去找陳金晁，要他實現那些甜言蜜語，接著某一天開始就再也沒人看過小鳳的蹤影。

由於小鳳當年是偷渡來的，底子不乾淨，茶室的人在陳金晁那邊查不出所以然，覺得小鳳應該是拿了陳金晁給的分手錢跑了，此後再也沒任何人過問小鳳的下落。相館老闆以前當學徒跟著師傅去過幾次茶室幫那些女性拍照，覺得一個女人就這樣失蹤了很惋惜，所以留下師傅拍的小鳳照片，直到他的孫子有天聊天提到朋友裡有人在傳要找個幾十年前陳金晁認識的綠裙子女人，莫名就想起這事情。

小鳳最喜歡的就是墨綠色的裙子，那是當年有客戶特別花大錢替她買來的舶來品。

不知道是巧合還是冥冥中註定，小鳳的事情回給一太後，當晚虞因就夢到陳家老房裡有兩個女人在吵架，穿著綠裙子的女人被推倒，摀著肚子爬不起來，另名女人搬起神桌上的木雕神像就往綠裙裝的女人頭上砸下去，爲了怕她不死，女人又搬起砸了第二次、第三次，直到綠裙的女人頭部整個碎開。

幾十年前的眞相再無法考證，即使有凶手也都早就身亡，陳炅彬是不是因此才以那種方式殺害「母親」，也永遠無解。

所有事情的起源就是一個這麼不負責任的男人，留下漣漪般擴散至今的後果。

「小淵，你還好吧？」張建昌看向拿著雞排又開始發呆的學弟。

「沒事，話說回來這雞排好香啊。」林致淵再次咬下還熱呼呼的雞排，肉厚實又多汁美味，連胡椒都很有香氣，帶點微辣的口感讓人直接食慾大開。

「多吃一點，我買很多，學長可是剛剛一輪一百二衝過來的，有沒有感覺還是剛炸的口感。」張建昌嘻嘻哈哈地說道。

林致淵再次笑開，三人講著垃圾話然後啃了一輪雞排，直到電影開始入場才趕緊收拾，準備進去享受傳說中可以躺著看電影的黃金廳。

入場前，他回過頭，隱隱看見角落裡好像有抹模糊影子，一襲綠色的衣裙，正在對著他微微搖著手，彷彿道別。

這畫面幾乎馬上就消失，快得像錯覺。

林致淵勾起唇，錯覺也好、真的存在也好，事情總是結束了，即使有很多很多遺憾，終究還是劃下了不那麼完美的句點。

「小淵？」

「來了！」

《破滅》完

附錄・日常三兩事

兄弟姊妹・其一

方家兄妹一直很讓各路來者忌憚。

更進一步地說，性格暴烈直率、行事作風強悍的方曉海遠比起她哥更加出名一點。

「小海好像又揍了姓陳那個民代的兒子。」

翻閱著手上的信件，一太以某種今日外面有小狗路過賣萌的口吻說道：「打完之後塞進水溝裡面，現在人斷了一條腿躺在醫院。」

「噗——咳咳咳！」正在喝飲料的阿方直接一口嗆出來，連忙打電話給他妹。

小海自從原本的工作辭職不幹後，大部分時間都帶著跟隨她的小弟在外面殺……不是，在外面幫他們應徵新工作，順便也看看有什麼適合她，工作室有事情她就過來幫忙，很聽從一太的話。只是聽話歸聽話，在外面時她照樣該打的打、該礙的礙，三天兩頭就聽到誰又惹到小海被送上路的傳聞。

身爲兄長的阿方再怎麼心寬、脾氣好，還是會感受到一絲胃痛。有時候他會想念妹妹小時候有多可愛，然後不得不面對現實，還得瞞著父母，不讓他們知道太多妹妹在外面成爲殺神的故事——即使他們多少知道一點，還時常要他勸誡他妹女孩子不要太張揚，小心保護好自己就可以了。

雖然對阿方來說，該保護自己的應該是其他人而不是他妹。

小海離職後作風日漸凶殘，已經有人開始拜託她的前老闆把猛獸收回籠子裡，不過那時甩手不幹的原因大家心知肚明，老闆就算想收也心有餘而力不足，更別說他本人算是個人物，去跪求個年紀小他那麼多的女孩回來工作也太不像話。

後來私下拜託過阿方勸勸他妹，低頭回來工作也好，然而阿方並不認爲妹妹該受那種委屈，還得對外裝低頭，直接回絕老闆不當說客。

即使凶，那也是他妹，外面的人不值得她委屈自己。

於是這件事情延宕至今，安置好不少小弟的小海今天也是精神奕奕地找人開刀。

不過也怪不得小海四處動手，他妹憑良心說長得眞的很不錯，不化妝就有張俏麗可愛的臉，一雙腿又白又長，每日不間斷地鍛鍊使她擁有一雙穠纖合度的美腿與身材，加上她又極度怕熱穿得很清涼，出門幾乎天天遇色狼，然後讓色狼在三秒後懺悔已是家常便飯。

所謂姓陳的民代兒子就是近期出現的色狼之一。

某一天小海回家時跟他說遇到個神經病，阿方還沒有放在心上，結果下一秒就接到一太的電話告訴他，那個神經病是民代兒子，路上看到小海可愛就伸出鹹豬爪，下場就是被小海送了一記黑輪在眼睛上面，民代氣得到處找凶手。

不過也不知道那個兒子是個M還怎樣，連續三次被揍之後居然開始追著小海跑，還放話說長這麼大連他媽都沒打過他，他一定要征服這麼特別的女生。當然很快地他就該改台詞，變成長這麼大連他媽都沒有連續七天打他，搞得連道上都開始看笑話，看看這少爺會被打到什麼程度才意識到他追求的不是女人，而是哥吉拉。

居中協調的一太出面後讓民代乖乖地不過問「年輕人情趣」，只要一太保證他兒子不會被閹掉或是掛掉，他都可以睜隻眼閉隻眼。畢竟他兒子自己也是犯賤願打願捱，金錢追不動，想派手下擄人全都被小海打進醫院，他還能說什麼呢。

結果小海今天就把人斷腳了。

電話接通後，小海氣憤地如是說：「阿兄！你不知道那個死智障多欠打！老娘已經放他一條生路很多次，他還拚命擱擱纏，不讓他迴光返照一次他都不知道奈何橋長怎樣！」

「妳至少不要讓他看見是妳下手啊。」阿方好氣又好笑地說：「我不是教妳暗暗動手嗎，妳把他拖去山上打一頓踢下山谷，讓他永遠都說不出是誰就好了。」

「不是啊，眞的忍不住。」小海怒道：「他就講話很機掰，老娘當場一拳就把他放倒了，還跟他玩個屁！」

「下回忍幾秒吧，至少我們有時間把他弄去灌成消波塊。」一太彎著唇。

「一太哥你聽我說！」聽見旁邊熟悉的聲音，小海連忙放大聲音：「我今天剛午飯吃飽，從麵攤出來，就看到那個智障停了七、八台車把路口全堵住，還說什麼今天就是等老娘上車，要去屁他媽的高級餐廳，訂製鯊小高開衩的禮服要老娘穿給他看，差點噁心得老娘飯全都吐出來。」

「……他上次不也這樣嗎？」阿方想想上回民代兒子被打時，似乎同樣是堵小海的路，然後拿出一套情趣內衣說是訂作他們的未來，接著被一拳摜到牆壁上，他覺得上次的內衣還比較過分，連他這個當哥的都想去堵對方把他打一頓，然後丟到出海口。

「不是，阿兄你聽我說！」小海罵了幾句髒話，接著說道：「老娘揍了他一拳後，那智障居然說如果老娘再不跟他走，他就要改變目標！」

「那不是好事嗎？」阿方疑惑。白痴追不到他妹，改追別人，對小海來說應該是解脫了吧。

「他說他追不到我，他就改追我哥，之後把我們兄妹一起拿下，吃兄妹井。」小海聲音沒有起伏，呈現一直線波長。

「把他弄死吧，我去處理善後。」阿方面無表情回答。

「你們兩個冷靜點。」一太見友人真的打算出門去做人間蒸發的行動，笑著攔下。「那種傢伙沒什麼好弄髒手的，小海妳晚點打個電話，有人能幫忙。」

「喔？」

小海安靜聽了一會兒交代，乖乖地應聲好，於是切斷通訊。

阿方收起手機，無言地搖頭。

「不過就是個小東西，幹嘛跟他計較。」一太覺得有點好笑，拿過旁邊的點心盒，在結束手上的信件回覆後開始偷懶。

「他一直騷擾小海也差不多該停止了。」阿方微微瞇起眼，如果不是小海不讓他介入，他可能第一天就把那傢伙塞進出海口。

即使小海戰力爆錶，但依然是他妹，小垃圾講話完全把他妹當成自有物，是以爲他們方家很好欺負嗎。

「放心吧，很快就會處理好的。」一太從點心盒裡拿出切片好的無花果磅蛋糕，思考著明天下午不知道會是哪種點心，感覺好像會是他想要吃的口味。

想想剛剛一太交代小海的事，阿方嘆了口氣，在旁邊坐下，接住友人拋來的點心盒，從裡面翻出自己愛吃的小麵包。「對了，阿因說小聿明天下午會做一款鹹派，好像是你上次整盒吃光的那種，明天要繞去幫你買嗎？」

「……你破梗了，沒期待了。」一太嚼著蛋糕，表示失望。

「嗄？」阿方一臉問號。

「果然是兄妹，都一樣直攻的。」本來的驚喜都沒了，雖然還是想吃，但是好像少了一點美味了。「難怪會被指名兄妹丼。」

「是在公鯊小。」又跟小海有啥關係了。

阿方覺得有時候眞弄不懂他朋友的思考迴路。

「就感嘆一下做兄弟姊妹果然還是有原因的。」

「滾。」阿方罵道：「我妹以前很可愛，別講得她好像一直這麼凶！」

一太歪著頭，想想後開口：「可是你不是說小海還沒小學就開始打架，幼稚園有人搶她的小枕頭，她直接把對方塞到被套裡面拖出去丟。」雖然小海真的長得不錯，但是恕他感覺不出來那動作很可愛。

「不不，小海以前真的滿可愛的。」阿方搖搖手指，回憶起妹妹幼時軟軟的樣子：「她幼稚園大班有陣子很怕蟑螂，一直說那是外星人派來的妖怪間諜，而且都抓著我躲蟑螂，怕我被妖怪間諜吃掉。」

「好像小女生都會怕。」一太點點頭，同意朋友這個說法，的確小孩子又怕又認真的樣子是滿可愛的。

「所以我就教她要克服心中的障礙，如果她消滅怪物，未來就不用害怕會被外星人吃掉。」阿方想起妹妹當時小小又努力的樣子，露出微笑。

「我想小海應該很快克服了。」想想自己認識的小海，現在不管什麼蟲都沒見過她變臉色，看來十分堅強。

「嗯，隔天我下課回家就看見小海從外面抓了隻大黑蟑螂，很開心地告訴我她贏了。」

阿方臉色慢慢地有點沉痛：「接著就在我面前徒手捏爆那隻活蹦亂跳的蟑螂。」

「……」

「因為這件事情我還被我媽抓起來揍，說我妹啥都會信，不要亂教她。」覺得那時候很冤枉，阿方有點悲痛，但是回想過去，還是覺得妹妹天眞的模樣很可愛。

「你們果然是兄妹。」一太再次感嘆：「一個作孽，一個突變作孽。」

「好好說話，你家小孩不會這樣嗎？」阿方冷冷地白眼過去。

「不會，我家那邊的小女孩從小練琴。」露出微笑，一太支著下頷：「我很確定她不會徒手爆蟑螂。」應該說正常的小女生應該都不會想到要直接把蟑螂捏爆。

「你家的小孩眞沒有樂趣。」阿方搖搖頭，覺得對方家裡沒童年。

「呵呵呵……」一太決定不予置評。

所以說，難怪他們是兄妹啊。

兄弟姊妹 · 其二

「嗨！條杯杯。」

小海對從容走來赴約的人用力揮揮手，咧開大大的笑容。

「找我有什麼事？」虞佟帶著微笑，看著一樣陽光爽朗的女孩。雖然之前追他追得很勤，不過像今天這樣正經地打電話找他出來也算是罕見。

左右看了下，兩人選了家簡餐店坐下來。

「我可以殺人嗎？」小海點好餐後，一臉認眞地詢問。

「不可以。」虞佟直接回答：「發生什麼事了？爲什麼一太會叫妳打電話找我？」稍早接到電話時，女孩說一太要求她打電話過來，基於這點，他才認爲是重要的正事。

小海聳聳肩，按照一太說的話把民代兒子這陣子做的事情全都照實說出來，也乖乖地將自己把人打了多少次全盤托出。

「他有前科嗎？」虞佟想了一會兒，既然對方這麼囂張跋扈，那就表示這不是他第一次做這種事，在小海之前，恐怕有其他被看上的女孩遭到相同對待，只是小海比較凶悍，至今無法得手而已。

「喔，我有讓小弟去查他底，以前是不少女孩子被搞過，因爲他老子是民代，地方上有點關係，那些女孩子吃虧了被威脅就不敢說出來。」所以小海看到這個人渣才覺得更煩，如果不是一太有交代，她早就把那人拖去山上當肥料了。

說著，女孩就把手上查到的東西複製一份給虞佟。

快速看了一會兒裡面的資料，虞佟點點頭：「我處理吧，妳不用理他了，他們背景不算很深，你們動手只會更糾纏而已。」他大概知道爲什麼一太要小海來找他，想來大概也是那青年懶得大費周章清垃圾，賣個面子給他們做業績。

「好喔！」小海見對方這麼乾脆答應要幫她趕跑蒼蠅，瞬間喜孜孜地開心起來。她突然就覺得那個智障兒子沒那麼討厭了，甚至還是幫她牽線和條杯杯一起吃飯的喜鵲，不然每次想約條杯杯吃飯都要約好久，看來賤人果然還是有點用處。

兩人吃了頓餐後，小海開開心心地離開了，一掃先前的煩躁。

目送女孩騎車遠離，虞佟微笑著搖搖頭。

把手上證據傳給自家兄弟後，他撥了通電話，直接接通到某人的私人手機上：「您好，陳代表。」

手機那端傳來詫異的聲音，似乎很不理解爲什麼號碼會被外人打通。

「先別管號碼哪來的，我姓虞，您兒子最近似乎一直在騷擾別人家的小孩，希望您可以約束一下孩子的行為，否則我們就來查您了。」

□

「二爸，你今天怎麼有空來？」

虞因看著走進工作室的人，有點意外。通常比較常來的是他大爸，忙碌的虞夏比較少，比起來，甚至小伍都更常出沒一點。

「剛好路過，來隨便看看。」虞夏看著手機上剛收到的訊息，冷笑了聲，覺得他哥處理事情還是少了點狠勁，都說幾次了遇到這種混帳直接報他名字，還讓對方有時間想退路啊！這種欺善怕惡、只敢強迫弱者的東西就是要讓他們拉出來，連同證據攤在陽光底下才行。

抬頭正好對上兒子疑惑的目光，於是說：「佟說發現有家簡餐店還不錯吃，你們今天幾點關？等等一起去吃飯吧。」

「好啊，那我去跟小聿說一下，叫他別忙了。」聽到今晚有好吃的，虞因立刻跑去門口把門牌翻成休息中。

正要上樓時就聽到虞夏打了電話不知道在和誰對話，十分不善的語氣傳來：「對，剛剛電話是我打的，覺得太溫和嗎？忘了補一句，你兒子如果敢再騷擾女孩子……或男孩子，他馬上就會被我送到籠子裡！需要的話你今晚就會在新聞上看到你兒子的犯罪照片，連你的死對頭手上都會有一份！不信嗎？要不要先談談你帶你兒子三天前在那家日式餐廳裡討論要怎樣讓上一位受害者不敢說話的內容？」

感覺他二爸大概又要去殺什麼隱性罪犯，虞因也沒多想，直接就跑上二樓。

東風今天沒過來，被拖回言家例行陪言家父母餐聚了，昨天還在那裡一臉心不甘、情不願，看上去好像很委屈的樣子，十分搞笑。

今天都快晚餐時間了還沒放回來，看樣子應該會被扣押個五、六天，希望可以在言家被塞飽一點，重個五公斤之類的再回來。

「小聿，二爸要帶我們去吃晚餐！」推開烹飪室的門，果不其然聞到一股酒香。虞因吞了下口水，看著正在取鐵盤出爐的人：「你還要很久嗎？」

「快好了。」沒有回頭，聿聚精會神地盯著手上正在脫模的吐司。數量沒有很多，是他用剩下的材料做的，正好帶回家當大家的早餐，順便留條給小伍去供奉他的女友。

「說起來，阿方和小海好像也很喜歡酒漬果乾麵包。」虞因垂涎著盯著吐司，想起了阿方兩兄妹上次來玩時，一起搶最後一塊麵包的畫面。

聿常常會把一天中剩下的零散料集合起來像這樣隨手做成綜合麵包或吐司、點心，數量稀少，通常只有他們自己人吃得到，所以像阿方或李臨玥他們那種私下交情好的，才知道要在關店前來搶這種超多配料的點心。

「他們明天會來，可以分一條。」聿看著四條吐司，移到空籃裡放涼，等等就這樣拿去車上。

「對喔，明天做鹹派，我還特地叫阿方過來一趟，有跟他說先不要告訴一太，讓他猜。」虞因覺得另一位朋友最近大概是迷上猜小聿會做什麼點心，時不時會突然傳訊息問他：「今天是不是做×××？」但不見得是他喜歡吃的，貌似就是猜好玩。

所以說到底為什麼這麼喜歡猜點心樣式啊？

吃飽太閒嗎？

不過可怕的是他猜的十之八九都會中，雖然不一定完全一樣，但口味都會很接近。

謎一般的男子。

「阿因。」聿轉過頭，直呼其名。

「叫哥，沒禮貌。」虞因都快要變成反射性回答了：「唧聲『哥』有很難嗎？又不是沒說過。」

「……都幾歲了。」聿嘖了聲。

「幾歲還不是都算你哥……喔靠，你是不是在罵我幼稚！」竟然還對他翻白眼！虞因大怒：「別以爲你現在比較會賺錢我就不能對你施行甜點制裁！想想你吃的那些限量甜點要靠誰去賣臉賣笑走後門！」是他！都是他！爲了幫這小子拿個後門名額，這兩年他跟多少店家姊姊或阿姨賣男色諂媚，還被人摸屁股，就是要滿足這傢伙的口腹之慾！

聿眨眨眼，態度良好地馬上改口湊過去：「你是最好的哥哥。」

「……」看著已經比自己高的臭小子，虞因莫名有種被籠罩在別人身高陰影中的濃濃諷刺感。

爲了弟弟的口腹之慾要去賣美色，還比他矮，這世界還有天理嗎？

吃那麼多甜食爲什麼不是橫著長而是直的長？太不公平了吧？

「你現在一點都不可愛了！」虞因悲憤地丟下一句，淚奔下樓。

「？」聿完全不知道對方神經又是哪裡接錯線了。

看來正常的兄弟姊妹果然都很難搞。

不過，其實也滿有趣的。

完全不知道對方的想法，虞因一路衝下來，才想起剛剛聿不知道叫他要幹嘛。

「你跑啥？」虞夏一臉疑惑地看著神情悲憤的兒子，不知道兩個小的又在搞什麼了。

「跑我的人生心路歷程。」虞因感傷地去收拾小吧台：「二爸你和大爸相處時有這麼困難嗎？」爲什麼別人家的兄弟姊妹看起來都這麼兄友弟恭？

「是在講什麼鬼話。」虞夏無言。

「我感到兄長地位的動搖。」虞因無奈地說。

「……？有穩過嗎？我看平常都是小聿在照顧你，開車、吃飯，還有你搞失蹤也都是他在跟，如果不是他比較小，你可能叫他哥比較適合。」虞夏很誠實地說出自己的感想。

虞因深深覺得自己被二度刺傷了，內心在流血。

「不過兄弟姊妹就是這樣啦，雖然阿因你煮飯沒那麼好吃也搞失蹤，常常頭破血流被照顧，但是小聿還是會開口叫你，表示他很信賴你，把你當家人，沒什麼好哀嘆啦。」虞夏想想，換個說法安慰小孩。再怎麼說，其實他們就是前幾年才冒出來的「臨時家人」，聿已經成年了，他不認的話也沒人會說什麼。

「我現在連兒子的地位都感到動搖了。」虞因覺得悲痛沒有比較好，反而更慘了。

就在這時，旁邊傳來淡淡的聲音：「阿因是哥哥。」提著紙袋的聿看了看虞因和虞夏，似乎有感後者的想法，認眞說道：「你們都是家人。」

虞因接過對方手上沉重的提袋，相偕往外走去，還不忘繼續抱怨：「知道我是你哥就該好好叫哥……」

聿嘖了聲。

虞夏看著兩個小孩邊拌嘴邊走出去，好笑地搖搖頭。

所以說，兄弟姊妹不就是這樣嗎。

〈日常三兩事．兄弟姊妹篇〉完

案簿錄的四格小劇場

奪食

為了不讓聿濫吃甜食，虞因一直努力搜索藏匿的甜點。
不要藏到我這裡來好嗎。
當心食物中毒！
果凍
……
給我住手，不准在工作室裡面挖密室。
是想把果凍藏到哪裡！

今天也是為了甜食吃到飽而奮戰的一天。

腳本／護玄
繪／Roo

尊敬的哥哥

阿方從小帶妹妹到處玩耍，並認真教導她各種生存技。
遇到壞東西要把他弄死。
我們是小孩，弄不死他就是我們死！
好。
在阿方看不見的地方，小海依然忠實貫徹哥哥教過的話。
不把你們弄死
你們就會去害好人死！
我最尊敬阿兄了！
小海果然還是很可愛～
始作俑者是你啊！！！！！！

今天可愛的妹妹也精神百倍地在碾人喔：D

可愛的妹妹

小海小時候非常容易相信別人的話，且執行力很強。
※小強
妹妹妳長得很可愛，叔叔帶妳去買糖果好嗎？
如果遇到陌生人說要帶妳去買糖果就給他一拳然後大叫有壞人。
……
有壞人！
@#！%#@
！@@！

後來痛到逃不了被警察帶走

惡魔的交易

黎子泓雖然有熟識的遊戲店家，但有些特定限量品還是得線上搶購。
Z Z Z
然而還是經常天有不測風雲
嗨，大檢察官～
聽說你又沒搶到限量了啊★
氣壓好低喔～
要不要和我交換條件啊，我手上可是有你心心念念的限量版本喔，我特地弄來的，也沒有很難啦就是找人幫忙搶或是找認識的人讓一份，放心不會痛的，你只要點頭就可以了非常輕鬆喔……

每次錯過限量都會出現的討厭惡魔

宿舍長

一職時，因為是學弟，很多人不將他當一回事。
學長你們不可以太吵……
好啦好啦囉唆。
就不要管他，一個學弟而已。
就是嘛，學弟擺啥管理者態度。
啊啊啊啊啊啊啊啊！！！！！！！

後來原因不明全乖了

國家圖書館出版品預行編目資料

破滅：案簿錄．浮生. 卷二 / 護玄 著.
——初版.——台北市：蓋亞文化，2021.07
面；公分.

ISBN 978-986-319-574-0（平裝）

863.57　　110006192

悅讀館　RE402

破滅 案簿錄．浮生 卷二

作　　者　護玄
插　　畫　AKRU
四格漫畫　Roo
封面設計　莊謹銘
主　　編　黃致雲
總 編 輯　沈育如
發 行 人　陳常智
出 版 社　蓋亞文化有限公司
地址：台北市103承德路二段75巷35號1樓
電話：02-2558-5438　傳眞：02-2558-5439
電子信箱：gaea@gaeabooks.com.tw
投稿信箱：editor@gaeabooks.com.tw
郵撥帳號 19769541　戶名：蓋亞文化有限公司
法律顧問　宇達經貿法律事務所
總 經 銷　聯合發行股份有限公司
地址：新北市新店區寶橋路二三五巷六弄六號二樓
電話：02-2917-8022　傳眞：02-2915-6275
港澳地區　一代匯集
地址：九龍旺角塘尾道64號龍駒企業大廈10樓B&D室
電話：+852-2783-8102　傳眞：+852-2396-0050
初版一刷　2021年07月
定　　價　新台幣 270 元
Published and printed in Taiwan

ISBN 978-986-319-574-0

RE402
GAEA

破滅

案簿錄・浮生 卷二

蓋亞文化　讀者迴響

感謝您在茫茫書海中選擇了蓋亞，您的支持是我們最大的動力。
不要缺席喔，讓我們一起乘著夢想的羽翼，穿越時空遨遊天地！

姓名：　　性別：□男□女　　出生日期：　年　月　日

聯絡電話：　　手機：

學歷：□小學□國中□高中□大學□研究所　　職業：

E-mail：　　（請正確填寫）

通訊地址：□□□

本書購自：　　縣市　　書店

何處得知本書消息：□逛書店□親友推薦□DM廣告□網路□雜誌報導

是否購買過蓋亞其他書籍：□是，書名：　　□否，首次購買

購買本書的動機是：□封面很吸引人□書名取得很讚□喜歡作者□價格便宜□其他

是否參加過蓋亞所舉辦的活動：
□有，參加過　　場　　□無，因為

喜歡出版社製作什麼樣的贈品：
□書卡□文具用品□衣服□作者簽名□海報□無所謂□其他：

您對本書的意見：
◎內容／□滿意□尚可□待改進　　◎編輯／□滿意□尚可□待改進
◎封面設計／□滿意□尚可□待改進　　◎定價／□滿意□尚可□待改進

推薦好友，讓他們一起分享出版訊息，享有購書優惠
1.姓名：　　e-mail：
2.姓名：　　e-mail：

其他建議：

廣告回信　郵資免付
台北郵局登記證
台北廣字第00675號

TO：蓋亞文化有限公司　收

103 台北市承德路二段75巷35號1樓

GAEA

Gaea